Tucholsky Wagner Zola Scott Sydow Freud Schlegel
Turgenev Wallace Fonatne
Twain Walther von der Vogelweide Fouqué Friedrich II. von Preußen
Weber Freiligrath
Kant Ernst Frey
Fechner Weiße Rose von Fallersleben Frommel
Fichte Richthofen
Engels Fielding Hölderlin
Fehrs Faber Flaubert Eichendorff Tacitus Dumas
Maximilian I. von Habsburg Fock Eliasberg Ebner Eschenbach
Feuerbach Zweig
Ewald Eliot Vergil
Goethe London
Elisabeth von Österreich
Mendelssohn Balzac Shakespeare Dostojewski Ganghofer
Lichtenberg Rathenau Doyle Gjellerup
Trackl Stevenson Hambruch
Tolstoi Lenz Droste-Hülshoff
Mommsen Hanrieder
Thoma von Arnim Hägele
Dach Verne Hauff Humboldt
Karrillon Reuter Rousseau Hagen Hauptmann Gautier
Garschin Defoe Baudelaire
Damaschke Descartes Hebbel
Hegel Kussmaul Herder
Wolfram von Eschenbach Dickens Schopenhauer Rilke George
Darwin Melville Grimm Jerome
Bronner Aristoteles Bebel Proust
Campe Horváth Voltaire Federer
Bismarck Vigny Barlach Herodot
Gengenbach Heine
Storm Casanova Tersteegen Grillparzer Georgy
Lessing Gilm
Chamberlain Langbein Gryphius
Brentano Lafontaine
Claudius Schiller Kralik Iffland Sokrates
Strachwitz Schilling
Bellamy
Katharina II. von Rußland Gerstäcker Raabe Gibbon Tschechow
Löns Hesse Hoffmann Gogol Wilde Vulpius
Gleim
Luther Heym Hofmannsthal Morgenstern
Roth Klee Hölty Goedicke
Heyse Klopstock Kleist
Luxemburg Puschkin Homer Mörike Musil
La Roche Horaz
Machiavelli Kierkegaard Kraft Kraus
Navarra Aurel Musset Moltke
Nestroy Marie de France Lamprecht Kind Kirchhoff Hugo
Laotse Ipsen Liebknecht
Nietzsche Nansen
Marx Ringelnatz
Lassalle Gorki Klett
von Ossietzky May Leibniz
vom Stein Lawrence Irving
Petalozzi Knigge
Platon Kafka
Pückler Michelangelo Kock
Sachs Poe Liebermann
de Sade Praetorius Mistral Zetkin Korolenko

Der Verlag tredition aus Hamburg veröffentlicht in der Reihe **TREDITION CLASSICS** Werke aus mehr als zwei Jahrtausenden. Diese waren zu einem Großteil vergriffen oder nur noch antiquarisch erhältlich.

Symbolfigur für **TREDITION CLASSICS** ist Johannes Gutenberg (1400 — 1468), der Erfinder des Buchdrucks mit Metalllettern und der Druckerpresse.

Mit der Buchreihe **TREDITION CLASSICS** verfolgt tredition das Ziel, tausende Klassiker der Weltliteratur verschiedener Sprachen wieder als gedruckte Bücher aufzulegen – und das weltweit!

Die Buchreihe dient zur Bewahrung der Literatur und Förderung der Kultur. Sie trägt so dazu bei, dass viele tausend Werke nicht in Vergessenheit geraten.

Fliegender Sommer

Phantasiestücke

Heinrich Seidel

Impressum

Autor: Heinrich Seidel
Umschlagkonzept: toepferschumann, Berlin

Verlag: tredition GmbH, Hamburg
ISBN: 978-3-8424-1337-5
Printed in Germany

Heinrich Seidel

Fliegender Sommer

Phantasiestücke

Otto Försterling zugeeignet.

Die Märchen sind halt Nürnberger Waar',
Wenn der Mond Nachts in die Boutiken scheint:
Drum nicht so strenge, lieber Freund,
Weihnachten ist nur einmal im Jahr'.

Mörike.

Fliegender Sommer

Die Welt ist sehr vernünftig geworden. Das kommt, sie liest immer in den großen Zeitungen alle die unglaublich vernünftigen Dinge, welche weise Männer erdacht haben. Da fahren nun dem Einen Tag und Nacht kleine Eisenbahnen im Kopfe umher und er hat genug aufzupassen, daß Alles mit rechten Dingen zugeht. Dem Anderen marschirt ein Zahlenregiment nach dem andern durchs Gehirn, und er muß hübsch nachzählen, daß es kein Unglück giebt. Und viele nun gar, die wälzen Tag und Nacht das Wohl und Wehe der Welt in ihren Gedanken umher, so daß sie kaum Zeit behalten, an ihr eigenes zu denken. Die Zeiten sind herbstlich; nur das, was Früchte trägt, wird geschätzt.

Es weht eine verstandesklare Luft, die keine Ferne mit verlockendem Dämmer umhüllt, und es blühen prangende Blumen, die nicht duften. Da kommen nun diese leichten Phantasiegespinnste geflogen, und die Welt wird gleichgültig an ihnen vorübergehen. Nur ein Wandersmann vielleicht fängt sie auf und erfreut sich an ihrem leichten Fädenspiel, ein junges Mädchen vielleicht sieht sinnend sie vorüberziehn, eine fröhliche Kindesseele hascht vielleicht nach ihnen. Und mit denen müßt ihr euch denn begnügen, ihr luftigen Gespinnste. So fliegt denn hinaus und seht zu, wo ihr sie findet.

Berlin, im Juli 1873.

Heinrich Seidel.

Die drei Knaben.

Draußen, am Ende der Welt, wo sie mit Brettern zugenagelt ist, lag eine große schöne Wiese. Drei Knaben, welche nicht weit davon wohnten, waren mit ihren Armbrüsten hinausgegangen, um dort zu spielen.

»Kinder,« hatte die Mutter gesagt, »steigt mir nicht auf den Bretterzaun, ihr möchtet sonst hinunterfallen!« Denn es ist kein Spaß, so in das ewige Nichts hinauszupurzeln, wo man viele Millionen Meilen fallen kann, ohne auch nur einem einzigen Stern zu begegnen. Das wollten sie denn auch nicht, aber durch die Astlöcher, meinten sie, dürften sie sehen, denn das sei nicht gefährlich. Es muß doch Etwas dort sein, dachten sie, und schauten Jeder durch ein Loch hinaus ins Nichts, denn hinter dem Geländer war gleich das Nichts; wenn sie den Finger durchsteckten, konnten sie es anfühlen; aber sie fühlten natürlich nichts. Der Jüngste hatte es bald satt.

»Das ist langweilig,« sagte er, und ging fort. Die andern Beiden blieben aber noch dort; sie wollten durchaus Etwas sehen und starrten so lange hinaus, bis ihnen das Wasser in die Augen kam. Dann sahen sie auch Etwas, aber es war nur Einbildung.

»Wie schön,« sagte der Eine, »welch' schöne grüne Wiese!«

»Wiese?« sagte der Andere, »ein Berg ist es, und es stehen lauter Nußbäume darauf.«

»Du hast wohl keine Augen! es ist ja nur Gras da, und große Blumen, und Knaben spielen dort und schießen mit Armbrüsten!«

»Was Armbrüste!? Leitern haben sie und steigen damit in die Bäume und pflücken Wallnüsse und Haselnüsse, und jede dritte knacken sie auf und essen sie – ach, dort ist es schön; so prachtvolle Nüsse sah ich noch nie!«

»Nüsse, sagst du? Wachsen die im Grase und sehen roth aus? Nein, Erdbeeren sind es und die Knaben sitzen dort und essen sie! Ach, das ist herrlich, könnte ich doch auch dort sein! So große Erdbeeren sah ich noch nie!«

»Das ist Alles nicht wahr, du lügst!«

»Du lügst, dummer Junge!«

»Dummer Junge, sagst du? Ich werde dir eine Ohrfeige geben, wenn du es noch einmal sagst!«

»Nur zu, ich bin nicht bange vor dir, dummer Junge!«

Und dann fielen sie über einander her und rauften sich und wälzten sich auf der Erde. Bald lag der eine oben, bald der andere; es war eine richtige Prügelei, und zwar um Etwas, das gar nicht da war. –

Unterdessen war der dritte Knabe zurückgegangen auf die wirkliche Wiese. Dort schien die Sonne so schön und die Vögel sangen; es war eine wahre Lust.

In einem Baume saß ein Eichhörnchen und putzte sich. Er spannte seine Armbrust und legte an, um es zu schießen. »Schieß' nicht,« sagte das Eichhörnchen, »dann bringe ich dir Nüsse aus meiner Vorrathskammer,«

»Das ist mir lieb,« sagte der Knabe, »die esse ich sehr gern.«

Und nun lief es den Baum auf und nieder und brachte prächtige große Nüsse, wie sie dort in den Wäldern wachsen.

Als der Knabe sich bückte, um einen Stein zu suchen zum Aufklopfen, sah er dort prachtvolle rothe Erdbeeren stehen, so groß wie Hühnereier, Das gefiel ihm, und nun saß er im Grase, klopfte auf einem Baumknorren die Nüsse auf und aß Erdbeeren dazu.

Als er satt war, hörte er das Geschrei der sich prügelnden Brüder und lief hinzu, um Frieden zu stiften.

»Nun, was habt ihr denn!« rief er, »laßt euch doch einmal los!«

»Und es war doch eine Wiese!« schrie der eine.

»Und es war doch ein Berg!« brüllte der andere.

Und dann erzählten sie ihm, was sie gesehen zu haben glaubten.

Da lachte er und erzählte, was er erlebt hatte.

»Wo sind die Erdbeeren?« riefen Beide.

»Ich habe sie alle aufgegessen!«

»Wo ist das Eichhörnchen?!

»Eben ist es fortgelaufen!«

»O!« sagten Beide und machten dumme Gesichter.

Eine seltsame Geschichte.

Gestern Abend, als ich eben eingeschlafen war, wachte ich wieder auf, denn der Mond leuchtete mir gerade ins Gesicht und das Zimmer war ganz von seinem silbernen Schein erfüllt. Als ich so lag und in behaglicher Trägheit schwankte, ob ich die Vorhänge niederlassen sollte oder nicht, kam ein dröhnender Klang von ferne herüber; es war die Thurmuhr auf der Lukaskirche und es schlug Zwölf. Kaum war der letzte Schlag verhallt, so erhob sich im Zimmer ein eigenthümliches Wispern und Rascheln, und in der Weinflasche, die noch von meinem Abendtrunk her auf dem Tisch stand, geschah ein kribbelndes Rumoren, als seien Maikäfer darin eingesperrt. Es dauerte eine Weile und dann kam oben aus dem Halse der Flasche ein blondes Köpfchen zum Vorschein. Es arbeitete sich weiter und weiter, und endlich stand ein kleines wohlbeleibtes pausbäckiges Figürchen auf dem Flaschenhalse und schaute sich um. Dann kniete es nieder, wisperte ein wenig in die Flasche hinein und schwebte in den Mondschein hinaus. Nun kamen immer mehr und mehr dergleichen kleine Kerle aus der Flasche hervorgearbeitet. Einige glitten an der Flasche hernieder und sprangen übermüthig auf dem Tische umher, andere hielten sich bei den Händen und tanzten Ringelreihen auf dem Rande des Weinglases.

Unterdeß war auf meinem Schreibtisch ein Sprühen und Rauschen entstanden; ich sah aus dem Sandfaß den Sand wie die Garbe eines Springbrunnens aufsprühen, und wo er den Tisch berührte, gingen kleine erdgraue Männlein daraus hervor, welche mit verdrossenem Quäken sich umherwälzten, während aus dem Tintenfaß ein behender schwarzer Kobold nach dem andern hervortauchte. Diese schienen sehr kriegerischer und reizbarer Natur zu sein, denn sie gingen gleich auf einander los mit Schreibfedern, welche sie wie Lanzen eingelegt trugen, und überall, wo sie hintraten, ließen sie häßliche schwarze Tintenflecke zurück.

Dann ging es wie Windesrauschen durch meine Papiere und es flatterten und krochen allerlei seltsame Thierchen draus hervor, kleine schwarze Drachen mit Ringelschwänzen und allerlei häßliches, schwirrendes Insektenvolk mit Stacheln und Saugerüsseln. Mit einem Male schob sich eine Schieblade meines Schreibtisches leise auf, ein anmuthiges Singen und Klingen und ein sanfter rosiger Schimmer ging von ihr aus, und ein Duft von Rosen und Veilchen erfüllte das Zimmer. Ach, es waren allerlei rosa Briefchen, vertrocknete Blumen, Bänder und Schleifen darin, und ich seufzte unwillkürlich, als ich daran dachte. Der Schein ward stärker, und kleine rosige Engelchen stiegen in ihm empor. Sie hatten Flügelchen an den Schultern und trugen Bogen und Köcher mit kleinen Pfeilen.

Das ganze Zimmer war jetzt von lustigen Gestalten erfüllt, und mit einem Male schwirrten sie zu einer dichten Wolke zusammen und kamen unter singendem Gesumme auf mein Bett zu. Unwillkürlich wollte ich mich bewegen, allein wie gebannt lagen meine Arme auf der Bettdecke und ich mußte ruhig erdulden, was nun mit mir geschah. Die Unbeholfneren senkten sich auf meine Bettdecke nieder und kribbelten dort umher, allein es blieben noch genug in der Luft, um eine dichte Wolke zu bilden. Aus dem Geschwirr und Gewirr sonderten sich die kleinen Flaschengeister und tanzten in wildem Wirbel um mein Haupt. Dazu schwangen sie kleine blitzende Becher, und es klang mir in den Ohren wie lustige Lieder, die ich einst mit fröhlichen Genossen gesungen. Und aus all dem Gesinge und Gesumme tönte es hervor: »Sing und Sang, Kling und Klang – Weingold, Rheingold, Klingelingeling! – Jugendblut, goldne Gluth – Blink und blank, Schlägerklang! – Weingold, Rheingold, Klingelingeling! – Sing und Sang, Kling und Klang!« .... und so fort, und immer tönte das feine Klingen der Gläser dazwischen. Unterdessen kam es auf der Bettdecke an meinen Kopf herangekrabbelt und gekrochen, die Flaschengeister verschwanden in der Wolke, und die grauen Erdmännlein tanzten mit trägen Sprüngen um mein Gesicht und sangen dazu mit knarrenden Stimmen: »Diff'rential, Integral, Logarithmus, Logarithmus! – Sitzen, Schwitzen, Tag und Nacht! – Armer Tropf – brummt der Kopf! Cubus, Cubus, Cubus, Cubus, Diff'rential, Integral!« ... und es klang immer dazwischen wie das Knirschen von Schreibfedern. Die schwarzen Tintenteufelchen hatten aber über ihnen in der Luft einen Kreis gebildet und wirbelten in anderer Richtung herum und kreischten dazwischen: »Jambus, Jambus, Daktylus! Hinkefuß! – Kurz und lang, Kling und Klang; Herzen, Schmerzen; Liebe, Triebe; Schnickschnack, Schnickschnack, Schnickschnack, Schnickschnack!« .... und dazu machten sie ein so höhnisches Recensentengekicher, daß es mir in allen Fingern kribbelte, aber ich konnte mich nicht rühren.

Es war gut, daß nun Ablösung kam. Ein liebliches Singen und Klingen und ein Rosenschein ward um mich her; und alle die kleinen Engel mit den zarten Flügeln schwebten herbei, und wie ferner Nachtigallensang und wie Säuseln des Frühlingswindes hallte es, was sie sangen: »Rosen – Rosen – Rosenschein, Mägdelein, Mägdelein, zart und fein! Jung an Jahren, braun von Haaren, Blumenduft und Mondenschein! Mägdelein Mägdelein, Rosen – Rosen – Rosenschein!«.. Dazwischen aber kreischten die schwarzen Teufelchen wieder: »Schnickschnack, Schnickschnack!« ... und die Sandmänner kamen wieder hervor und knarrten mit ihren verdrossenen Stimmen: »Diff'rential, Integral, Logarithmus, Logarithmus!« .... Und dann mischte und wirbelte sich wieder Alles durcheinander und die kleinen Drachen und das übrige Sorgengevögel schwirrten hervor. Es huschte mit Fledermausflügeln um meinen Kopf, kleine tückische Augen funkelten mich an, und auf der Bettdecke kam es langsam gekrochen und züngelte mit spitzigen Zungen. Ein höhnisches Schwirren und Kichern ward um mich her, und da – plötzlich stieß eines der geflügelten Wesen nieder auf mein Haupt, ich fühlte einen leisen stechenden Schmerz und da flog es davon und trug ein schimmerndes Haupthaar in seinen Krallen. Und nun immerfort mit Krallen und spitzigen Schnäbeln, mit rosigen Händchen und zierlichen Fingern stieß es auf mich hernieder, es war ein fortwährendes Prickeln auf meinem Haupte, und mir schwindelte bei dem unendlichen Geschwirre. Ich hörte noch, wie die Uhr dröhnend Eins schlug, und dann verlor ich die Besinnung.

Am andern Morgen, als ich vor dem Spiegel stand und wehmüthig den helleren Schein betrachtete, der auf meinem Haupte seit einigen Jahren langsam und sicher sich ausbreitet, fiel mir das nächtliche Erlebniß wieder ein und zum Angedenken für mich und zu Nutz und Frommen derer, so da Freunde von allerlei Traumgespinnsten sind, habe ich es also niedergeschrieben.

Die blaue Blume.

In einem schmalen Thalgrunde des Waldgebirges lag in einiger Entfernung vom Ende des Dorfes eine alte Wassermühle. Der Bach brauste recht ungestüm und schäumend über das Rad hin, denn es war die erste Arbeit, welche er nach seinem fröhlichen Waldleben und seinen vielen lustigen Sprüngen über die Felsen zu thun hatte; aber sein unmuthiges Rauschen und Brausen half ihm nichts, und er mußte doch die Säge treiben, welche seine Freunde, die schönen Waldbäume, in lange, weiße Bretter zerlegte.

Es war ein schöner, sonniger Frühlingsmorgen; der bläuliche Rauch aus dem Schornstein des Müllerhauses stieg gerade auf in die Luft, sich hell gegen die dunkle Tannenwand des Abhangs abhebend, – auf dem bemoosten Schindeldach sonnten sich gurrend die weißen Tauben, der Bach brauste über das Rad hin und sprühte Schaum und Staub in den Sonnenschein. – Da kam ein junger Wandersmann das Thal hinauf durch das Dorf geschritten; dem gefiel es hier so ausnehmend, daß er zu sich selber sprach: »Hier werde ich bleiben!«

In der Mühle lebte ein alter Müller mit seiner Frau, einem Müllerburschen und einer Magd; ihre Kinder waren auswärts verheirathet. Der junge Mann, welcher Walter hieß und im Gebirge Pflanzen und Steine sammeln wollte, gefiel den alten Leuten so, daß sie auf seine Bitte, ihn einige Wochen für Geld und gute Worte zu beherbergen, ihm gern ein Kämmerlein einräumten und ihn auch an ihrem Tische mit essen ließen. Besonders der Müllerin gefiel er wohl, denn er hatte ein ernstes, schönes Gesicht, dunkle, tiefe Augen, volles, braunes Haar und ein so feines, artiges Betragen, daß man gleich merken mochte, er sei guter Leute Kind. Aber er sprach nicht viel und war auch nicht viel zu Hause, denn die ganzen Tage streifte er im Gebirge umher und kam oft erst am Abend spät nach Hause, schwer beladen mit Pflanzen, Steinen und dergleichen in ihren Augen unnützen Dingen.

Zuweilen ging er auch mit dem alten Müller des Abends ins Wirthshaus, trank einen Schoppen Wein mit ihm und hörte den Gesprächen der Bauern zu, welche über Flur und Feld und Nachbarn, nach Bauernart sich unterhielten.

Eines Abends kam dort das Gespräch auf allerlei Sagen und Märchen, die man sich in der Gegend erzählte: von dem Mann ohne Kopf, der weißen Frau und unendlichen Schätzen, welche in einer alten Ruine von Geistern bewacht wurden und dergleichen. »Die merkwürdigste Geschichte von allen aber ist die von der blauen Blume,« sagte ein alter, weißköpfiger Bauer endlich, »es müssen jetzt bald fünfzig Jahre her sein, aber ich weiß es noch wie heute, als sie die Nachricht brachten, daß der junge Jäger des Grafen todt am Bach gefunden worden sei, die blaue Blume in der Hand. Acht Tage vorher hatte er, wie man nachher erfuhr, einem Freunde sein Geheimniß anvertraut.«

Walter ward aufmerksam. »Wie ist die Geschichte?« fragte er, die blaue Blume machte ihn neugierig.

»Weiter hinauf in den Bergen,« sprach der Greis, »kommt der Bach, der hier unten die Mühle treibt, durch einen schmalen Felsenspalt aus einem ringsum unzugänglichen, von hohen, steilen Felsenwänden eingeschlossenen Thale. Es ist eine wilde Gegend ringsum und nicht geheuer dort, weshalb auch selten von uns Jemand hinkommt. In diesem Thal, sagt man, und wir glauben es Alle, was auch die klugen Leute dagegen reden mögen, wohnt eine schöne Frau aus dem Geschlechte der Nixen. Dort blühen Sommer und Winter die schönsten Rosen und andere Blumen, und es ist immer schönes Wetter dort. Ein kecker Bursch aus unserem Dorfe, welcher sich so leicht nicht fürchtete, hat einmal im Winter durch den Spalt hineingesehen, und da ist ihm eine warme Sommerluft daraus entgegengeweht und er hat Vögel singen hören, während draußen scharfes Frostwetter war. Dann hat ihn aber ein Grauen angewandelt, und er ist rasch davongelaufen und hat nicht eher geruht, bis er wieder unter Menschen gekommen ist.«

»Aber die blaue Blume,« fragte Walter, »was hat es denn damit für eine Bewandtniß?«

»Junger Mann«, antwortete der Greis, »nehmt euch mir in Acht, daß ihr sie nicht einmal findet bei euren Streifereien, denn es möchte euch große Gefahr daraus erwachsen. Wer nämlich die Blume findet und vernichtet sie nicht gleich, sondern nimmt sie zu sich, den verzehrt eine unsinnige Liebe zu dem schönen Nixenweibe und es hat noch Jedem den Tod gebracht, der sie besessen hat.«

»Wie sieht denn diese Blume aus?« fragte Walter.

Das wußte ihm aber Keiner recht zu sagen; der Alte meinte wie eine Glocke, ein Anderer, wie eine Rose, der Dritte wie ein Stern, der Eine nannte sie dunkel-, der Andere hellblau, so daß Walter endlich lachte und meinte, das sei auch wohl so eine Geschichte, wie viele: die Hälfte nicht wahr und die andere Hälfte erlogen. Und dann sprachen sie von anderen Dingen.

Walter dachte bald gar nicht mehr an diese Geschichte und lebte ruhig in seiner Weise fort.

An einem schönen Frühlingsmorgen ging er frühe am Bach entlang, er wollte einmal seinen Lauf nach aufwärts verfolgen, wohin er noch nie gekommen war. Zuerst führte ein ebener Weg neben dem Gewässer her, der bog aber bald in ein Seitenthal, und nun stieg Walter in einem gewaltigen Bergeinschnitt neben dem rauschenden Wasser aufwärts. Nach einiger Zeit verstummte das Geräusch der Sägemühle, welches er noch immer gehört hatte, und nun war er allein mit dem Rauschen, Rieseln und Plätschern des Baches. Der war fast wie ein lebendes Wesen, wenn er Walter bei einer Windung der Schlucht plötzlich entgegensprudelte, oder wenn er zwischen mächtigen Felstrümmern sich ganz verlor und nur zuweilen hervorblitzte; sein Rauschen und Plätschern klang wie ein wirres, liebliches Geschwätz.

Allmählich ward es immer wilder und schroffer. Zu beiden Seiten ragten die mit bemoosten Steinblöcken bedeckten Abhänge. Zwischen den Felsen waren urmächtige Tannen aufgewachsen und spannten sich oft mit ihren Wurzeln wie mit riesigen Krallen über sie hin; hoch durch das starrende Gewirr ihrer Zweige und Aeste konnte man kaum den blauen Himmel schimmern sehen. Eine grüne Dämmerung herrschte dort und nur zuweilen gelang es der Sonne, ein langes, schmales Licht hineinzusenden.

Walter war ermüdet von dem Auf- und Abklettern über die Felsen; er setzte sich auf einen recht einladenden Stein dicht am Wasser, welches vor ihm in einem kleinen Fall in breiterer Fläche über einen glattgespülten Felsen geschossen kam. Aufwärts konnte er nicht sehen, denn er saß an einer Biegung, aber abwärts konnte er den Bach eine Strecke verfolgen, bis er nach tausend rauschenden Sprüngen und Fällchen unten um den Felsenvorsprung bog.

Ihm war so wunderbar zu Muthe, so sehnsüchtig ums Herz, und es war ihm, als wolle der Bach mit seinem Gesange etwas Schönes und Wunderbares erzählen, er könne es nur nicht verstehen.

Oben in einer Tanne hörte er Geräusch; es waren zwei spielende Eichhörnchen; kaum konnte er die kleinen rothen Gesellen in der gewaltigen Höhe erkennen. Sie kamen allmählich den Baum hinab, liefen endlich am Stamm herunter und huschten dicht vor Walter auf den knorrigen, bemoosten Wurzeln des Baumes umher. Dann kam auch ein Specht geflogen, ein schwarzer mit rother Kappe, der lief an dem Baumstamm in die Höhe und hämmerte daran. Walter schaute bald den Thieren zu, bald in das gleitende Wasser, bald horchte er auf Klänge, welche aus der Ferne durch den Wald hallten, ihm war immer, als höre er weit weit im Waldgrunde seinen Namen rufen. Mit einem Male wehte es ihn an wie Rosenduft, und ein rother Schimmer schien über das Wasser zu gehen, und nun plötzlich sah er eine rothe Rose den Wasserfall hinabgleiten und den Bach hinunter schwimmen. Er verwunderte sich, denn es blühten sonst noch nirgendwo welche; da kamen noch mehr Rosen, und mehr und mehr, und dann drängten sie sich ordentlich über den Felsen, glitten hinab und schwammen den Bach entlang; als Walter hinuntersah, war derselbe mit Rosen schon über und über bedeckt. Er saß ganz betäubt da vor Erstaunen, und sah starr auf das endlose Rosengewimmel, daß ihn fast schwindelte.

Da ward mit einem Male ein wundersames blaues Leuchten ringsum bis in die Kronen der Tannen und ein herrlicher, betäubender Duft verbreitete sich; es ward ein Singen und Klingen in der Luft, die Rosen verschwanden und der Bach glitt und sprühte wie leuchtendes blaues Feuer dahin.

Eine unnennbare Unruhe ergriff Walter: ihm war, als müsse ihm ein gewaltiges Glück begegnen; er sprang auf, um ihm entgegen zu eilen. Da sah er etwas, wie einen strahlend blauen Stern, im Wasser sich entgegenschwimmen; von ihm schien alles Licht auszugehen. Er griff danach und hielt eine seltsame blaue Blume in der Hand, wie er noch nie eine gesehen hatte. Sogleich war auch aller Lichtschein verschwunden, der Bach sprühte und rauschte wie gewöhnlich und weder Rosen noch andere Blumen waren in ihm zu sehen. Aber den gewaltigen Duft hatte die Blume behalten, Walter sog ihn in vollen Zügen ein und eine wilde Sehnsucht kam über sein Herz, es trieb ihn weiter dem Laufe des Baches entgegen zu dringen, denn dort war diese wunderbare Blume hergekommen.

Er kletterte hastig über die Felsen dahin und spürte keine Ermüdung. Seine Brust wogte ungestüm, seine Augen glühten und die dunklen lockigen Haare wallten ihm über die Stirn. Immer wilder und einsamer ward es ringsum. Fast senkrecht ragten die Wände an beiden Seiten; kein Sonnenstrahl fand den Weg hinein, sein Licht auf dem wild daher brausenden Bach tanzen zu lassen.

Endlich hatten sich die Felsenwände so weit zusammengeschoben, daß keines Menschen Fuß mehr neben dem Bache wandeln konnte, der aus einer mannsbreiten Spalte wild daher geschossen kam. Aufathmend stand Walter da und ließ seine Augen an der steilen Fläche hinaufschweifen; fern durch den Felsenspalt leuchtete ihm wie ein lichter Streif der sonnige Tag entgegen, eine warme, duftdurchhauchte Sommerluft wehte daraus hervor, und von den wechselnden Luftwellen getragen, tönte ein süßer, ferner Gesang zuweilen herüber.

Er sprang kühn in den Bach hinab und versuchte, sich gegen die ungestüme Fluth Bahn zu brechen, aber wild schleuderte ihn das Gewässer zurück und warf ihn gegen einen Felsen, daß er vom Falle fast betäubt ward.

Er raffte sich wieder auf und, indem er sich mit der einen Hand an den Felsen lehnte, schaute er, weit vorgebeugt, sehnsüchtig auf jenes Unerreichbare, welches ihm so hold entgegenlachte. Zufällig berührte er dabei mit der blauen Blume die Felsen – da schoben sich diese geräuschlos auseinander und ließen neben dem Bache einen schmalen Pfad frei.

Walter traute seinen Augen kaum, und eben wollte er den wunderbaren Pfad betreten, als er unwillkürlich zauderte, denn die Erzählung des Alten kam ihm plötzlich in den Sinn. Nachdenklich betrachtete er die blaue Blume in seiner Hand – sie habe noch Jedem den Tod gebracht, hatte der Alte gesagt. Dann blickte er wieder auf in den Sonnenschein vor sich; ihm war, als riefe es dort mit lockenden Stimmen, als zöge es ihn sanft dorthin mit schmeichelnden Händen, die wilde Sehnsucht kam wieder über ihn und ehe er sich es versah, hatte er den verhängnißvollen Schritt gethan. In trunkenem Staunen blickte er um sich, als er das Ende des Felsenspaltes erreicht hatte; eine schöne, blühende Natur schimmerte ihm entgegen. Eingeschlossen von steilen, ragenden Felsenwänden lag dort ein kleines Thal, wunderherrlich wie ein Stück vom Garten des Paradieses. Ueberall Rosen und blühende Rosen, Sonnenschein, Klang, Duft und Farbe; ein leichter Rosenhauch schien über dem Ganzen zu schweben. So einsam, so abgeschlossen lag es da, so fern dem Treiben der Welt, so in sich selbst und seine eigene Schönheit versunken, daß man an diesem Orte wohl die ganze Welt vergessen konnte.

Wie im Traume ging Walter in dem weichen Grase einher. Die Vögel, welche in den Zweigen der Rosensträucher saßen und sangen, ließen sich durch ihn nicht stören, sondern wendeten nur im Singen den Kopf nach ihm und sahen ihn mit klugen Angen an; aus dem Bache, der jetzt schnell aber sanft daherfloß, steckten blitzende Fischlein die Häupter und schauten ihm nach, und die Schmetterlinge umflogen ihn ohne Scheu und setzten sich auf seine Kleider.

Der Bach kam aus einem klaren Weiher in der Mitte des Thales geflossen; hier lagen bemooste, von Rosen überrankte Felsentrümmer verstreut; auf einen derselben setzte sich Walter. Sein Herz pochte in seliger, sehnsüchtiger Unruhe, als müsse ihm ein Wunderholdes begegnen; er schaute sich um in der Erwartung, es möge kommen. Aber es war Alles so einsam dort, da war nur die sonnige, rosige Luft und Blühn und Gesang und Gemurmel des Baches. Fernerhin ragten die stillen, sonnbeschienenen Bergwände steil auf; und auf ihrem Gipfel hoben sich frei und luftig einzelne Fichten gegen den blauen Himmel ab.

In seiner Nähe stand ein herrlicher Rosenstrauch, über und über mit blaßrothen Blüthen bedeckt, daß man fast keine Blätter sah; ein rankendes Gewächs hatte sich an ihm emporgewunden und ließ oben zwei herrliche blaue Blumen aus dem Roth hervorscheinen. Seine blaue Blume fiel ihm ein; er hielt sie noch in der Hand und sah nun, daß es dieselbe war, wie dort in den Rosen. Sorgfältig barg er sie jetzt in seiner Brusttasche.

Von dem schönen Rosenstrauche konnte er kein Auge verwenden; es war ihm, als müsse dort das süße Geheimniß verborgen liegen. Wie er so darauf hinstarrte, schienen die rothen Rosen in einander zu fließen und zu schwimmen, und die blauen Blumen schauten ihn wie ein Paar tiefe Augen an; es schimmerte wie Sonnengold darüber hin, und nun trat ein wunderherrliches Weib in fließendem blaßrothen Gewande, mit langhinwallendem Goldhaar dahinter hervor. Sie hob den weißen Arm zum Gruß und trat ihm entgegen.

»Ich wußte, daß du kommen würdest, ich rief dich!« sprach sie.

Walter war aufgestanden und schaute dem schönen Weibe entzückt ins Gesicht.

»Woher kennst du mich, du Herrliche?« rief er, »ich sah dich nie!«

»Aber ich sah dich oft,« sprach sie, indem sie neben einander hinwandelten, »wenn du unter einem Baume saßest und nur Augen hattest für deine Blumen, lag ich oft neben dir auf einem sonnbeschienenen Zweige und sah dir zu; ich bin oft neben dir gewandelt, wenn du über die sonnige Wiese gingst und du meintest, es sei ein leiser Windhauch. Heute saß ich über dir am Bach und ließ Rosen hinabschwimmen – sieh' so!« – damit strich sie über ihr Gewand und so wie sie dasselbe berührte, quollen Rosen unter ihren Händen hervor und glitten zur Erde.

Walter sah sich um; die Schlangenlinie, aus welcher sie durch das Gras gewandelt waren, war durch Rosen bezeichnet.

Die schöne Frau lächelte und winkte mit der Hand, da zergingen sie in der Luft wie ein rosiger Nebel.

Sie standen jetzt am Weiher und schauten beide in den klaren Wasserspiegel. Walter erblickte sein gebräuntes dunkles Antlitz drunten neben dem schönen rosigen, von Goldhaar umwallten – unwillkürlich schaute er dem schönen Weibe in die Augen. Die schauten ihn an so sieghaft und verzehrend, des Mundes schöne Rose neigte sich ihm entgegen und er beugte sich nieder und küßte sie.

»Du bist mein!« sprach sie dann, »du bist mein!« ihre blauen Augen leuchteten ihn an, ihr voller, weicher Arm schlang sich um seinen Nacken und so wandelten sie weiter. Sie sprachen nicht mehr viel, nur zuweilen blieben sie stehen, sahen sich in die Augen und küßten sich. Dann setzten sie sich nieder auf einen schwellenden

Moossitz am Wasser und kosten mit einander; sie wand ihr langes Goldhaar um seinen Hals und gab ihm die süßesten Schmeichelnamen; bald blickten ihn die schönen blauen Augen verzehrend an, bald glühte der rothe, unersättliche Mund auf dem seinen und im Herzen entbrannte wie mit Feuersflammen eine gewaltige, sinnbethörende Liebe zu dem verführerischen Weibe. Die ganze Welt lag in rosenrothem Schimmer, Walter schwindelte das Herz in der Brust und es vergingen ihm die Sinne.

Auf welche Weise er wieder in das Dorf zurück und in seine Wohnung zu den guten Müllersleuten gekommen war, vermochte Walter am anderen Tage sich nicht zu erklären. Als er an sein Erlebniß zurückdachte, meinte er es für einen wunderherrlichen Traum halten zu müssen, obgleich er die blaue Blume in seiner Tasche fand. Eine verzehrende Sehnsucht und Unruhe hatte sich seiner bemächtigt und unwillkürlich suchte er wieder den gestrigen Weg auf, und als er wieder dort war, wo der Bach hervorbrauste, rührte er die Felsenwand mit seiner welken Blume an, aber Alles blieb starr und stumm, nur eine Elster, welche hoch über ihm durch die Wipfel der Bäume flatterte, erhob ihre Stimme und schien ihn auszulachen.

Plötzlich fiel ihm Alles ein, dessen er sich vorhin nicht erinnern konnte, und daß jenes schöne Weib ihn gewarnt habe zu irgend Jemand von seinem Glück zu sprechen, wenn er es nicht gänzlich zerstören wolle. Die blaue Blume würde ihn rufen. Wenn die aufblühe und dufte, dann solle er kommen, und das Felsenthor würde sich vor ihm aufthun, bleibe sie aber welk, so würde er vergeblich pochen.

Nun wandelte Walter nur noch wie im Traum auf der Welt umher. Er ging seinen gewohnten Beschäftigungen mechanisch nach, aber seine Seele war nicht mehr dabei. Hundertmal am Tage nahm er die blaue Blume hervor und schaute sie an und wenn sie dann wunderbar erblühte und den herrlichen Duft aushauchte, erfaßte ihn die unbezwingliche Sehnsucht und trieb den Willenlosen über Felsen und Gründe zu seiner schönen Geliebten.

Er saß gern am Ufer des Baches und schaute in sein sprudelndes Wasser; es kam ja aus ihrem Thale, er dachte nur an ihre Rosenschönheit und ihre sieghaften blauen Augen. Zuweilen überkam ihn ein triumphirendes Gefühl, wenn er dachte, daß ihn ein so herrliches Wesen liebe, und er stieg gern auf hohe Felsenspitzen und jubelt eins Weite hinaus.

So hatte er einige Zeit im Taumel der Wonne gelebt, als er eines Abends wieder im Wirthshaus allein und träumerisch an einem Tische saß und in sein Weinglas starrte, aus dessen Grunde ihm ihr Antlitz entgegenzulächeln schien.

An einem andern Tische hatte sich eine Anzahl junger Burschen aus dem Dorfe eingefunden, welche, vom Weine angeregt, laut sprachen und lachten. Bald kam das Gespräch auf Liebesabenteuer, und einer der schmucksten Bursche des Dorfes, welchem der Wein schon zu Kopfe stieg, fing an von seinem Glück bei den Mädchen zu prahlen; Andere mischten sich hinein und rühmten sich gleichfalls. Walter hatte unwillkürlich zugehört; ihm schien das so nichtig, dessen sie sich rühmten, wenn er an seine Liebe dachte. Ihn überkam ein stolzes, verachtendes Gefühl, wie die da weiter schwatzten.

Da sah der eine Bursche lachend zu ihm herüber und rief: »Na, und Ihr da, Ihr seid so still und habt gar nichts zu Kauf, – Blumen und Steine kennt Ihr wohl, aber wie ein Mädchenkuß schmeckt, habt Ihr wohl noch nie erfahren!«

Die andern Burschen lachten, doch Walter spürte plötzlich den betäubenden Duft der blauen Blume, es wogte und stürmte in ihm, vor seinen Augen schimmerte es blau und rosig und in seinen Ohren klang es wie Rauschen und Murmeln des Baches und flüsternde Liebeslaute; – da rief der Bursch wieder: »Seht den da, er wird schon roth, wenn man nur davon spricht!«

Walter sprang auf, um hinauszueilen! »O, wenn Ihr wüßtet, wie ich Euren niedern Sinn verachte,« rief er, »wenn Ihr wüßtet, wie mir ein anderes herrliches Glück blüht, wie es Euch in euren kühnsten Träumen nicht erschienen ist, wenn Ihr wüßtet!« ... damit hatte er unwillkürlich die blaue Blume hervorgezogen und verstummte in jähem Schreck, denn ein helles Leuchten ging von ihr aus, das ganze Zimmer war von blauem Lichtglanz erfüllt und unheimlich lag der Schein auf den entsetzten Gesichtern der Burschen.

»Die blaue Blume!« murmelten sie in banger Scheu, und still entfernte sich einer nach dem anderen.

Walter stand noch immer starr da im Bewußtsein seiner Ueberei-
lung, schwächer und schwächer ward der Schein und Duft der
Blume und erlosch endlich ganz, als auch der letzte das Zimmer
verlassen hatte. Er hörte noch mit halbem Ohr, wie der zitternde
Wirth ihn ersuchte, von nun an sein Gastzimmer zu meiden; – dann
stürzte er fort in den nachtdunklen Wald hinaus.

Seit dieser Zeit wurde Walter im Dorfe nicht mehr gesehen. Bee-
rensuchende Kinder und alte Leute, welche Holz im Walde sammelten, brachten zuweilen Nachricht über ihn. Der eine hatte ihn
auf einem Felsen sitzen sehen und unverständliche Klagen aussto-
ßen hören, der andere war ihm auf seinen ruhelosen Gängen be-
gegnet. Ein fremder Holzhauer, der Gegend unkundig, war sogar
bis zu der verrufenen Felsenschlucht verirrt und hatte Walter gesehen wie er, wilde, klagende Rufe ausstoßend, mit blutigen Fäusten
gegen den Felsen geschlagen hatte. Da war ihm ein Grauen gekommen und er hatte sich eilends entfernt.

Endlich, nachdem man einige Zeit nichts von ihm gehört und gesehen hatte, fand ein Jäger ihn todt am Ufer des Baches; in der fest
zusammengeballten Rechten hielt er die vertrocknete blaue Blume.

Das Zauberclavier.

1.

Ganz hinten in der Welt, wo die Geographie zu Ende ist und die Weltgeschichte aufhört, lag ein sehr angenehmes Königreich. Die Unterthanen waren recht artige und regierliche Leute, so daß der König Morgens immer eine Stunde länger schlafen konnte, als seine Nachbarkönige. Ja, zuweilen kam es vor, daß er den Vormittag, von Zehn bis Zwölf, wo er gewöhnlich zu regieren pflegte, mit Krone, Scepter und Reichsapfel in seinem Regiersaal saß, und gar nichts zu regieren da war. In seinem Königreich waren die meisten Leute Gelehrte und Büchermenschen. Dies kam daher, weil es so hübsch abgelegen war, und der große Spectakel, welchen die übrigen Menschen in der Welt machten, dort fast gar nicht vernommen ward. Da wohnten solche, die auf großen Thürmen saßen und nach den Sternen sahen und Alles ausrechneten, was ihnen vor das Fernrohr kam. Andere mußten Alles herauskriegen, wenn es auch noch so schwer war; und wenn es gar nicht anders ging, so brachten sie doch heraus, wie es am Ende sein könnte, und das ist doch auch schon etwas. Andere saßen und lasen in alten schweinsledernen Büchern und schlugen ein Blatt um das andere um, und der alte Staub aus den Büchern war wie eine Wolke um sie her, daß sie weiter nichts von der Welt sahen. Dann waren wieder welche, die Geschichten schrieben von Dingen, die da waren, und von Dingen, die nicht da waren. Diese Geschichten wurden alle gedruckt, damit die Käsekrämer Einwickelpapier und die Leute etwas zu lesen hätten. Einige waren auch darunter, die saßen ihr ganzes Leben lang und dachten. Wenn sie dann ihr ganzes Leben lang gedacht hatten, war ihr Ruhm groß; denn das ist keine Kleinigkeit. Dann konnten sie sich ruhig hinlegen und sterben, denn auf ihrem Grab ward ihnen ein Denkmal errichtet, und wenn dann die Leute auf den Kirchhof kamen um die Grabmäler zu besehen, sagten sie: »das war ein großer Mann, der dachte in einem Tage mehr, als man in zehn Jahren begreifen kann!«

Es gab jedoch noch einige andere Leute in dem Königreich. Erstens waren da die Frauen, Kinder und sonstigen Angehörigen der Büchermenschen, und zweitens Leute, die nichts Besonderes an sich hatten, wie man sie in allen Königreichen findet. Diese langweilten sich sehr oft, denn die Büchermenschen hatten niemals Zeit, sich mit ihnen zu unterhalten.

Da begab es sich, daß aus einem sehr entfernten Königreich ein Mann einzog, der ein Clavier mitbrachte. Er verstand nun zwar nicht besonders, darauf zu spielen, allein er vermochte ihm doch einige Melodien abzukneifen, die in dem Königreich sehr beliebt waren.

Dies ward bald bekannt und in drei Tagen wußte man allgemein, daß der fremde Mann, der so weit hergekommen sei, einen Zwitscherkasten im Hause habe, auf dem er mit den Fingern Musik mache. Nun dauerte es nicht lange, da hatte Jeder im Königreich, die Büchermenschen natürlich ausgenommen, die sich niemals um dergleichen bekümmerten, Abends vor dem Fenster des fremden Mannes gestanden und hatte diese Zaubertöne selber gehört. Die Folge davon war, daß eine allgemeine Sehnsucht im ganzen Lande entstand, auch solche Musikkiste zu besitzen, und ein allgemeines Kribbeln in den Fingern entstand. Nachdem man erfahren hatte, wo diese Instrumente zu haben seien, ward gleich eine ganze Schiffsladung voll bestellt, und man übte sich einstweilen auf Fensterbretten und Commoden, um sich wenigstens vorläufig das Kribbeln in den Fingern ein wenig zu vertreten.

Die Claviere kamen an und wurden bei vielen Leuten aufgestellt. Sie begannen nun darauf zu spielen, allein sie bemerkten, daß diese Instrumente auf eine besondere Weise bearbeitet sein wollten, um solche Töne herzugeben, wie man sie von ihnen erwartete. Der fremde Mann wurde um Rath gefragt und er sagte, er kenne bei sich zu Lande einen sehr berühmten Clavierschläger, der besitze die Kunst, auch anderen Leuten diese Fertigkeit beizubringen. Den müßten sie sich verschreiben. Dieses thaten sie auch und der Mann kam und begann seine Arbeit. Sie verwunderten sich baß, als sie den zuerst spielen hörten. Der schlug das Clavicymbalum vorwärts und rückwärts und mit verbundenen Augen, und zappelte dabei so mit den Händen, daß einem Hören und Sehen verging. Der bekam gleich so viel Unterricht zu geben, daß er es nicht allein bewältigen konnte und sich noch drei handfeste Gehilfen verschreiben mußte.

So geschah es, daß in diesem Königreiche das Clavierspiel in Mode kam.

Anfangs machte es noch nicht so viel aus, da in vielen Häusern gar kein Clavier und in anderen nur eine derartige Fingertretmühle vorhanden war. Die Büchermenschen waren auch Anfangs ganz vergnügt darüber, daß ihre Frauen und Kinder etwas zu thun hatten und den anderen Unterthanen des Königreiches war es entweder gleichgültig, oder sie fingen selber an, auf diesen Kästen Musik zu machen. Aber dies blieb nicht so. Da die Leute sahen, wie lieblich darauf zu spielen sei, so griff es immer weiter um sich, und die Alten sagten: »Wenn wir es auch nicht mehr lernen können, so sollen es unsere Kinder doch lernen.« Und kaum hatten nun diese Würmer laufen gelernt, so wurden sie auf den Musikstuhl geschraubt und mußten Tonleiter spielen. Denn der große Clavierschläger hatte gesagt, dies seien die einzigen Leitern, welche in den Himmel führten. Dies ging so fort bis es zu einem Grade gelangte, wo es staatsgefährlich wurde. Es wurden allmählich immer mehr dergleichen Leiselautfingerklopfkasten, wie sie in der Landessprache statt Pianoforte genannt wurden, im Lande aufgestellt, und es ereignete sich, daß zur Zeit der Höhe der Epidemie in einem einzigen Hause sieben Stück vorhanden waren. Wenn diese nun alle gleichzeitig in verschiedener Weise in Thätigkeit gesetzt wurden, so konnte man schon genug davon bekommen. Es war nun den ganzen Tag über in dem Königreiche ein immerwährendes Geklimper, dem man nur entrinnen konnte, wenn man in die tiefste Einsamkeit flüchtete. Es kamen betrübende Folgen zum Vorschein. Eines Tages versammelten sich sämmtliche Lerchen, Nachtigallen und andere Singvögel, welche in dem Reiche wohnhaft waren, in einem großen Walde, und zogen gemeinschaftlich fort, denn die Concurrenz war ihnen zu groß geworden.

Es kamen so viele Klagen an den König, daß er das ganze Vergnügen an seinem Geschäft verlor. Wenn er früher von Zehn bis Zwölf oft nichts zu regieren hatte, so mußte er jetzt schon um neun Uhr in seinen Regiersaal gehen, und hatte so lange zu thun, alle die Beschwerden der durch das Clavierspiel geplagten Unterthanen anzuhören, daß er oft seine Mittagssuppe kalt werden lassen mußte. Da endlich kam eine Deputation der bedeutendsten Männer des

Königreiches und stellte das Elend des Landes in der beweglichsten Weise vor:

»Majestät,« sagte der Erste, »es schreit gen Himmel und es muß ein Ende gemacht werden. Zu meinem Thurm dringt es herauf, verworren wie eine Milchstraße von Tönen, und wirrt meine Gedanken durch einander. Ich habe seit sechs Monaten keinen neuen Stern entdecken können, und wenn derjenige, dessen Bahn ich neulich berechnet habe, wirklich so läuft, so würde er in acht Tagen das ganze Weltsystem in Grund und Boden bohren! Haben sie Erbarmen!«

»Majestät,« sagte der Zweite, »seit dreißig Jahren suche ich den Stein der Weisen. Vor einem halben Jahre war ich ihm auf die Spur gekommen; und ich hätte ihn gefunden, da kam diese satanische Trommelmusik und der Nebelschleier, der sich schon vor dem großen Geheimniß gelüftet hatte, schloß sich wieder zusammen und der leitende Faden glitt mir aus den Händen und zerriß. Das Geheimniß ist mir auf ewig verloren. O ich armer, geschlagener Mann!«

Der Dritte war eben von seinen schweinsledernen Büchern aufgestanden und hatte noch die Augen voll Bücherstaub und die Ohren voll Claviermusik; er war ganz schwindlig, daß er nicht in seinem Studirzimmer war, und konnte nichts weiter als seufzen. »O,« sagte er, aber es lag ein großer Jammer darin.

Der Vierte sah sehr niedergeschlagen aus: »O Majestät,« sprach er, »ich bin ein ruinirter Mann. Sämmtliche Käsekrämer und Lichtzieher im ganzen Königreich haben mir ihre Kundschaft aufgesagt, weil ihre Kunden das Einwickelpapier, für welches ich sonst die Erzählungen und Gedichte geschrieben habe, nicht mehr lesen wollen. Sie sagen, es sei zu langweilig und dumm. Aber wer kann bei dieser Musikplage etwas Vernünftiges schreiben. Wenn es nicht aufhört, muß ich verhungern.«

Jetzt kam der Fünfte daher, der sah ganz perplex aus und stierte gedankenlos vor sich hin. Zuweilen summte er in den Bart: »Didudel dididel, didudel dididel.«

Als er gar nichts weiter sagte, fragte der König endlich: »Sprecht, was habt Ihr mir vorzutragen?«

Der Angeredete lächelte blödsinnig und stierte den funkelnden Edelstein an, den der König auf seinem Scepter als Knopf trug: »Didudel dididel, didudel dididel!« sagte er.

»Ach Majestät,« ergriff einer von den gewöhnlichen Leuten das Wort, »seht, dies ist der größte Denker im ganzen Königreich. Aber sie haben in seinem Hause sieben Claviere aufgestellt, auf welchen fortwährend Etüden gespielt werden. Und es giebt welche, die des Nachts nicht schlafen können und so lange das Winselbrett bearbeiten, bis die andern am Morgen wieder anfangen. Da haben sie ihm denn seine ganze Denkkraft aus dem Kopfe herausgetrommelt, daß er nichts weiter denken kann als: didudel dididel, didudel dididel. Dies ist jedoch für die Welt ohne jeglichen Nutzen.«

»Ha!« sagte der König und stand auf, denn er war sehr zornig. Die Denker waren nämlich der größte Stolz des Landes, weil sie in keinem anderen Welttheil mit solcher Vollkommenheit gediehen, und man konnte es dem König nicht übel nehmen, wenn er über die Beschädigungen seiner besten Landesproducte ergrimmte.

»Ha!« sagte der König, »ist es so weit gekommen! das soll anders werden! Bei meinem Bart, ich will ein furchtbares Exempel statuiren!«

Darnach entließ er die Deputation und gab die Versicherung, daß auf jeden Fall die weitgehendste Abhülfe geschafft werden sollte.

Am folgenden Tage zog der Landesausrufer mit einem Trommler und einem Trompeter durch das ganze Königreich und verkündete, daß jegliches Clavierspiel bei Todesstrafe verboten sei. Die feinhörigsten Polizeisoldaten im Lande wurden mit Hörrohren ausgerüstet und mußten Tag und Nacht im Lande umherhorchen, ob auch nicht gegen das Gesetz gesündigt wurde. Aber dazu waren die Unterthanen viel zu wohl erzogen. Die Betroffenen seufzten zwar ein wenig, doch dann sagten sie: »Es muß sein!« und suchten ihre Claviere so gut als möglich anderweitig zu verwenden. Die einen nahmen das ganze musikalische Eingeweide heraus, legten Betten hinein und schliefen darin. Ein anderer fütterte es mit Blech aus und hielt Fische in dem Kasten. Viele Hausfrauen legten Wäsche hinein, andere kochten Kaffee damit. Einer, der in der Stadt wohnte und doch das Bedürfniß eines Gartens hatte, füllte das Innere mit Erde und zog Blumenkohl und Schoten darin. Und so war das Clavierspiel in kurzer Zeit aus dem Lande vertilgt. Die guten Folgen zeigten sich sehr bald. Die Lerchen und Nachtigallen wanderten allmählich wieder ein, die Astronomen entdeckten fünf neue Planeten und einen Kometen, und alle die andern Gelehrten kamen wieder in ihr gewohntes Geleise. Selbst dem schwer geschädigten Denker überwuchs allmälig der Fußsteig, welchen das »Didudel dididel« in sein Gehirn getreten hatte, mit Gras, und er dachte fast eben so gut wie zuvor. Der König aber saß manchen Tag Morgens von Zehn bis Zwölf schmunzelnd in seinem Regiersaal, rauchte seine lange Pfeife und spielte mit seinem Scepter, bis die Zeit um war, denn die Regierungsgeschäfte waren wieder, wie er es gern hatte, sie waren gar nicht vorhanden.

2.

Um die Zeit, da das Verbot gegen das Clavierspiel erlassen wurde, war dem König eine wunderschöne kleine Tochter geboren. Als diese zwei Monate alt und nach dem Urtheil aller Leute bereits so verständig war, wie gewöhnliche kleine Kinder von zwei Jahren, da bemerkte die Königin oft, daß das kleine Kind mit den Fingerlein auf dem seidenen Wiegenkissen allerlei Bewegungen machte, welche gerade so aussahen, wie die Fingerübungen eines Clavierspielenden. Sie gerieth darüber in großen Schrecken und sagte es dem König, der sofort den Befehl an seine Hofleute ausgehen ließ, daß Niemand jemals zu der Prinzessin von einem Clavier reden dürfe. Dies wurde auch genau und gewissenhaft befolgt, und die Prinzessin wuchs auf in Holdseligkeit und Schönheit, ohne daß die geringste Kunde von einem solchen Musikinstrument jemals zu ihr drang. Eines Tages, da sie achtzehn Jahr alt war, ließ sie sich ihr weißes Einhorn satteln und ritt, wie sie es gern that, in den großen Wald. Sie ritt in den Wald hinein, und gerieth bald auf einen Weg, den sie sonst noch nie bemerkt hatte. Es war ganz still und einsam rings umher, nur über die Wipfel der Bäume hin ging ein leises Klingen wie ferne Musik, bald anschwellend, bald ersterbend schwebte es dahin. Der Wald war ganz dicht und verworren und seltsame Schlingpflanzen waren an den Bäumen hinaufgeklettert und hingen mit leuchtenden Blüthen hernieder. Zuweilen flogen prächtig glänzende Vögel über den Weg oder saßen auf den Ranken der Schlingpflanzen, wendeten den Kopf und sahen sie mit klugen Augen an.

Die Musik tönte immer schwellender und voller und schien die
Wipfel der Bäume leise zu bewegen, wie sie durch dieselben dahin-
strömte. Dann mündete der Weg auf einen freien Platz, der eingeschlossen von hohen Bäumen wie ein grüner Saal dalag und ganz
erfüllt war von den herrlichen Klängen. Die Prinzessin ritt über die
Grasfläche dahin, denn gegenüber am Rande des Waldes sah sie ein
kleines Häuschen liegen, aus welchem die Musik wie ein Strom
hervorbrach. Das Häuschen war ganz mit rothblühenden Schlingpflanzen bewachsen, nur die Thür und die Fenster, welche geöffnet
waren, schauten hervor. Die Prinzessin ließ ihr weißes Einhorn vor
der Thür stehen und trat hinein. Sie kam in ein kleines Zimmer, in
dem nichts weiter stand, als ein Clavier, und davor saß eine schöne
Frau und spielte so wunderherrlich, daß der kleinen Prinzessin
gleich die Thränen in die Augen kamen. Sie setzte sich ganz stille
auf einen Stuhl und hörte zu. Und als die Accorde immer schwellender klangen und vorüberrollten, und die Melodie mit leiser
Sehnsucht dahinging, da wuchsen und dehnten sich die Wände des
kleinen Zimmers, es stieg auf wie ein Tempel von schlanken Pal-
mensäulen getragen mit Nebelwänden wallend in bläulichem Duft
und zwischen den Kronen der Palmen schwebten in rosigem Gewölk schimmernde Engel in weißen Gewändern.

Mit einem Male war wieder das kleine einfache Zimmer da. Die
Fee, denn eine solche war es doch gewiß, hatte aufgehört zu spielen
und sah sich freundlich nach der Prinzessin um: »Es ist gut, daß du
da bist, Prinzessin,« sagte sie, »ich habe schon lange auf dich gewar-
tet.« »Was ist das. was du thust,« sagte die Prinzessin, »o lehre mich
das auch, es ist so herrlich.«

»Ich bin die Clavierfee,« sagte die Fee und will dich Alles lehren,
was ich vermag. Denn in deines Vaters Lande hat man wegen des
Ueblen das Ueblere gethan und meine Kunst ganz verbannt und
ausgerottet, du aber bist ausersehen, das Rechte wieder herzustel-
len. Ich gebe dir zwei Zauberbücher, die enthalten Alles. Das erste
mußt du ganz durchspielen, es ist das minder schöne, aber ohne das
kannst du das zweite nicht verstehen.

In dem zweiten steht nur ein Stück, es ist aber das Herrlichste,
das je auf Erden gewesen ist. Ich brauche die Bücher nicht mehr,
denn ich kann sie auswendig. Dann nimm diese Walnuß und be-

wahre sie wohl, sie enthält das Nothwendige.« Damit fing die Fee wieder an zu spielen und nun klang es so leise und süß wie ein Wiegenlied. Die Prinzessin machte die Augen zu und schlief ein.

Als sie wieder erwachte, saß sie in ihrem niedlichen Zimmerchen auf dem Sopha und vor ihr auf dem Tische lagen die beiden Bücher und die Walnuß. Sie holte sich sofort den Nußknacker und knackte sie auf. »Kling'« sagte es, als die Nuß aufging, es klang wie das Schwirren einer Saite. Ein ganz wunderniedliches kleines Clavier war darin. Die Prinzessin setzte es auf den Tisch und dachte, das könne ihr auch nicht viel nützen, denn mit dem kleinen Finger konnte sie alle Tasten auf einmal bedecken. Aber mit einem Male fing es so an zu wachsen, daß sie es gar nicht schnell genug auf die Erde setzen konnte, sonst wäre es ihr vom Tische herunter gewachsen. Als das ausgewachsen hatte, war es ein ganz natürliches, lebensgroßes Clavier. Die Prinzessin schlug gleich das erste Buch auf und fing an zu spielen.

Zu derselben Zeit ging der König gerade über den Gang, denn er wollte auf dem Boden nachsehen, was seine Tauben machten. Mit einem Male hörte er die Töne des Claviers erklingen. »Was«, sagte er, »in meinem eigenen Hause? – es ist unerhört.« Dann horchte er und sagte: »Es ist im Zimmer meiner Tochter; dies muß untersucht werden.«

»Prinzessin,« sagte er, als er hineintrat, »um des Himmels willen, was machst du da?« »Ich spiele Clavier, Papa,« sagte die Prinzessin, »es ist das Schönste was es giebt.« »O Gott,« sagte der König und sank auf einen Stuhl. Ihm wurde ganz schwindlig, denn er wußte, die Prinzessin hatte ihren eigenen Willen. Dann erzählte er der Prinzessin Alles. »Ja, lieber Papa,« sagte diese, »Clavierspielen muß ich nun einmal, warum giebst du solche Gesetze und wenn du sie giebst, kannst du sie auch wieder aufheben.«

»Ich kann mich doch nicht vor allen meinen Unterthanen und vor der ganzen Umgegend blamiren!« sagte der König, »sie haben mich so wie so schon oft genug ausgelacht!«

Aber es half nichts, die kleine Prinzessin mußte ihren Willen haben. Der König verfiel endlich auf einen Ausweg. Das Clavier ward auf einen Wagen gesetzt und Alles so eingerichtet, daß es ganz harmlos und unverdächtig aussah. Nun fuhr die Prinzessin alle

Tage in den Wald mit ihren weißen Einhörnern, die ohne Kutscher auf den Ruf gehorchten. Wenn sie dann recht in der Einsamkeit angelangt war, schlug sie das Lederwerk zurück, welches das Clavier einhüllte und fing an zu spielen. Rings um den ganzen Wald aber waren große Tafeln errichtet, auf welchen zu lesen stand, daß es Jedermann aufs strengste verboten sei, diesen Wald zu betreten. Es war sehr wunderbar, wenn die weißen Einhörner so verständig in den weichen Sandwegen den Wagen einherzogen, und die Prinzessin dazu eifrig Clavier spielte, daß es durch den Wald schallte.

Eines Tages kam sie mit dem ersten Buch zu Ende. Am folgenden Morgen zog sie ihr neues Kleid an, welches sie zum letzten Weihnachten bekommen hatte, setzte ihre kleine Sonntagskrone mit den Diamanten auf und fuhr mit dem zweiten Buch in den Wald.

Auf dem schönsten freien Platze, der im Walde zu finden war, ließ sie die Einhörner halten. Sie schlug das Buch auf und fing an zu spielen.

Wie klang das herrlich durch den Wald, es stieg von dem Clavier auf wie ein Springbrunnen von Wohllaut und breitete sich aus ringsum. Bei den ersten Tönen standen alle Blätter im Walde still und lauschten, und alle Blumen, die in der Knospe standen, fingen an zu blühen. Dann schwoll es immer schöner an und die Schmetterlinge hörten auf zu flattern und die Käfer auf zu kriechen. Aber als die Prinzessin weiterspielte, verstummten alle Vögel, kamen leise geflogen, setzten sich auf die Bäume, die um den freien Platz standen, und hörten zu.

Dann hörten die Rehe und Hirsche auf zu äsen und die Hasen auf Purzelbäume zu machen und kamen herbeigelaufen und horchten. Immer herrlicher und voller erklang es, die Töne brausten durch die Wipfel und schwammen hinaus ins freie Land, und wer es hörte, der ließ Alles stehen und liegen und folgte ihnen nach. Sie drangen hinauf zu den Thürmen der Astronomen und schwebten in die dumpfigen Studirzimmer der Anderen. Die Astronomen hörten auf zu rechnen, wenn auch eben gerade das Facit kommen wollte, die Anderen legten die Feder oder das Buch fort und gingen sofort dem holden Klange nach. Selbst der große Denker hörte mitten im Satze auf zu denken und wanderte wie er ging und stand dem Walde zu.

Der König war gerade dabei, sich zu rasiren, er stand in seinem Brocatschlafrock mit seiner Hauskrone auf dem Kopfe vor dem Spiegel und hatte gerade die eine Hälfte seines Bartes abgeschabt, als mit einem Male das herrliche Klingen durch das offene Fenster hineingeschwebt kam. Er legte sofort das Messer aus der Hand, wischte sich den Seifenschaum aus dem Gesicht, ergriff sein Spazierscepter und wanderte dem Walde zu. Unterwegs stieß er auf große Schaaren seiner Unterthanen, welche alle den gleichen Weg zogen. Sie sprachen nicht mit einander, sondern zeigten nur zuweilen vor sich auf den Wald, woher die herrlichen Klänge kamen und schritten wacker fürbaß.

Unterdessen saß die Prinzessin an ihrem Clavier und spielte und wußte selber kaum, wie ihr geschah. Unter ihren Händen quoll es hervor in immer neuen Strömen von Wohllaut, und es war ihr, als würde sie emporgetragen und schwebe in einem goldenen Schimmer weit über der Welt und ihrer Niedrigkeit.

Als nun das Stück zu Ende war, da stand das ganze Königreich versammelt um sie herum und Alle hatten Thränen in den Augen. Der alte König aber trat hervor, umarmte seine Tochter und sagte gar nichts, denn er war sehr gerührt. Dann spannten die Leute die weißen Einhörner aus und sich selber an den Wagen und brachten die Prinzessin im Triumph in die Stadt.

Am andern Tage aber setzte der König sich an seinen Schreibtisch und verfaßte ein weises Gesetz, in welchem das Clavierspiel wieder gestattet, durch viele verständige Paragraphen aber so eingeschränkt wurde, daß es nimmermehr so entsetzliche Wirkungen wieder hervorbringen konnte, als von ihm schon dagewesen waren. Und somit ist die Geschichte vom Zauberclavier zu Ende.

Erika.

Draußen auf der braunen Haide lag ein einsames Haus zwischen einigen jungen Tannen, welche bis an das niedere Dach reichten. Von ferne hätte man es mit seinem von Moos und Hauslauch bedeckten Strohdach für einen einsamen Hügel in der weiten Ebene halten können, wenn nicht zuweilen blauer Rauch aus demselben aufgestiegen wäre. Dort wohnte ein alter Mann mit seiner Tochter Erika und seinen Bienen ganz allein; meilenweit im Umkreise war kein anderes Haus anzutreffen. Selten kam ein Wanderer in die Nähe; dort war nur Himmel, Luft und die weite flache Haide, ab und an Tannen oder Birken, einzeln oder in kleine Häufchen zusammengedrängt, im Sommer das rothblühende Haidekraut mit summenden Bienen und schwirrendem Sommergethier, und im Winter die weite weiße Schneefläche, darin die dunklen Tannen standen mit beschneiten Aesten.

Die kleine Erika war immer allein. Die Mutter war schon lange todt und bei der hohen einsamen Tanne lag sie begraben neben dem großen Steine. Dort befand sich auch ein wilder Rosenstrauch von außerordentlicher Schönheit, der einzige in weitem Umkreis. Wenn der im Frühling in Blüthen stand, war es schön zu sehen, wie er sich hinbreitete und seine langen blühenden Zweige über den grauen Stein und das einsame Grab ranken ließ. Das war Erika's Lieblingsplätzchen. Dort saß sie oft und schaute über die Haide hinaus, welche im Sonnendufte dalag; durch die zitternde Luft zu den zarten blauen Höhenzügen, zwischen welchen fern der Fluß einherzog, in dessen Umkreis sich die Haide in grüne Wiesen und wogende Felder verlor. Oft auch horchte sie dem Vater, wenn er bei den Bienen saß und ihr erzählte von den Ländern, welche er in seiner Jugend gesehen hatte, von den mächtigen Bergen, Wäldern und schäumenden Gebirgswassern, von breiten gewaltigen Strömen und prächtigen Gärten mit wunderbaren Blumen, von großen Städten und dem Drängen und Treiben der Menschen. »Ach, das ist schön!« sprach sie, »werde ich das Alles auch einmal sehen?«

»Vielleicht, wenn du groß bist,« antwortete der Vater. Dann ging sie wieder zu dem grauen Stein, schaute hinüber zu den blauen

Bergen und sehnte sich nach den Herrlichkeiten, von welchen sie soeben gehört hatte.

Einst an einem schönen Frühlingsmorgen, als die Rosen in Blüthe standen, und die Luft voll singender Haidelerchen hing, saß sie wieder dort. Die Sonne glänzte in ihren braunen lockigen Haaren, und der leichte Wind, der über die Haide ging, spielte mit ihnen. Einige frühe Schmetterlinge waren auch schon dort und flatterten über den jungen Rosen. Da kam es mit leichtem Flügelschlage angerauscht, und ein großer bunter Vogel setzte sich über ihr in die Tanne. Solchen wunderbaren Vogel hatte Erika noch nie gesehen. Sein Gefieder schimmerte in allen schönen Farben, und als er sich von der Tanne herniederschwang und sich nahe vor ihr auf ein Bäumchen setzte, schwebte sein langer Schwanz wie ein blitzender Feuerstreif hinter ihm her. Dort saß er nun und schaute Erika mit seinen klugen Augen zutraulich an. Sie stand auf, um ihn in der Nähe zu sehen, aber der Vogel flog wieder auf, schwebte glänzend vor ihr her auf einen kleinen Erdhaufen und schaute sich wieder um.

Wie war der Vogel schön; vielleicht kam er nie wieder; den mußte Erika doch in der Nähe sehen, und sie folgte ihm weiter und weiter wie verzaubert. Einmal sah sie sich um. Das Haus lag schon ziemlich weit hinter ihr, der helle Rauch stieg daraus auf gerade in die Luft. Es war ihr, als müsse sie umkehren, und die Haidelerchen in der blauen Luft sangen alle.

>Kehr' um, kehr' um, noch ist es Zeit!
Die Welt ist groß, die Welt ist weit!
Kehr' um, kehr' um, noch ist es Zeit!«

Es war ihr, als höre sie ihren Vater rufen: »Erika! Erika!« und eine Biene summte um ihre Ohren:

>Summ, summ, kehr' um!
Summ, summ, kehr' um!« –

Dann sah sie aber wieder nach dem Vogel, der dicht vor ihr in einer niedrigen Birke saß und seine Flügel in der Sonne wiegte, daß sie gleißten wie eitel Gold und Edelgestein, und sie folgte ihm wieder.

Bald dachte sie gar nicht mehr daran, umzukehren, sondern sie sah nur den schönen Vogel wie einen Goldstreif vor sich herziehen und ging immerfort hinter ihm her. Die Sonne glühte auf ihren Wangen, – sie merkte es nicht. Es ward Mittag, und dann rollte die Sonne langsam zum Horizont hernieder; Erika aber sah nur den bunten Vogel und folgte ihm. Allmählich ward es grüner und grüner, die Haide verlor sich, blühende Gründe lagen dort, und sanfte bewaldete Hügel zogen sich weit hin, und endlich spät am Nachmittage, als die Sonne, wie eine glänzende strahlenlose Scheibe anzusehen, tief am hellgrauen Himmel stand, kam sie an einen breiten Fluß, der ruhig sein Wasser zwischen sanften grünen Hügeln fortziehen ließ. Dort lag am Ufer ein Kahn; der Vogel flog auf die Spitze desselben und schaute sich flügelwiegend um. Erika stieg hinein, und langsam löste sich der Kahn vom Ufer und glitt sanft den Strom mit ihnen hinab. Jetzt flog der Vogel zutraulich an sie heran und schmiegte sich gegen ihre Hand, als sie ihn sanft streichelte. Er war so glänzend, daß sie dachte, die Funken müßten unter ihren Fingern davonfliegen.

Aber die Sonne lag schon groß und rund zwischen zwei Hügeln, wie eine gewaltige Goldfrucht in einer dunklen Schale, und versank langsam dazwischen. Das Abendroth glühte hinter ihr auf, leichte Nebel wallten über den Strom hin, und aus dem blaugrauen Himmel blinkten schon einzelne Sterne hervor. Erika hatte gar nicht darauf geachtet, denn sie hatte nur den wunderschönen Vogel betrachtet; aber nun schaute sie ängstlich auf, da sie so allein auf dem dunklen Wasser schwamm. Sie dachte mit einem Male an ihren Vater, den sie verlassen, und an den weiten Weg, den sie zurückgelegt hatte und wußte sich keinen Rath vor Betrübniß. Sie sah voll Angst hinaus über das Wasser zu den Ufern, welche sie in der Dunkelheit und im schwimmenden Nebel kaum unterscheiden konnte. Unterdessen war auch der Mond zwischen den Bäumen groß und roth hervorgekommen und ins Blau emporgestiegen; er glitt über den Hügeln immer neben ihr her und sah ernsthaft auf sie hernieder. So schauerlich einsam und still war es auf dem Flusse; nur die kleinen Wellen plätscherten gegen den Kahn an, und manchmal rauschte und gurgelte es aus dem Wasser geheimnißvoll empor, als wenn Jemand aus der Tiefe heraufstiege. Es erhob sich auch der Nebel stärker und ballte sich über den Strom hin zu allerlei schreckhaften weißen Gestalten, die in einander und aus einander flossen und die Arme nach der kleinen Erika ausstreckten, so daß diese zusammenschauderte, das Gesicht verhüllte und vor Schreck und Angst in Weinen ausbrach.

Als sie es wagte, wieder aufzuschauen, sah sie gerade auf den Vogel, welcher auf der Spitze des Kahnes saß und einen hellen milden Schein um sich hatte. Sie bemerkte keine weißen Nebelgestalten mehr, sondern ringsum war Alles dunkel, nur der Kahn schwamm in einem sanften Lichtschein dahin. Da ward ihr ganz tröstlich zu Muthe; sie sah auf den Vogel, der ganz ruhig da saß; dann wiegte sie allmählich das sanfte Schaukeln des Kahnes und das leise Plätschern der Wellen in Schlaf.

Am anderen Morgen, als sie erwachte, fuhren sie ganz dicht am Ufer des Stromes einher. Die mächtigen Bäume neigten sich weit hin über das Wasser, und die Fluth beplätscherte ihre knorrigen Wurzeln. Der Morgensonnenschein aber tanzte durch die Zweige auf dem Gewässer, und in den Wipfeln schmetterten unermüdlich die Finken. Da sah Erika schlanke Rehe und gewaltige Hirsche wandeln zwischen den Stämmen, Eichhörnchen kletterten in den Zweigen und schauten auf sie herab.

Der Fluß ward breiter und breiter, die Ufer wichen immer weiter zurück, und der Kahn fuhr in einen gewaltigen See hinaus, der glatt in der glänzenden Sonne dalag. Bald verschwanden die Ufer an den Seiten ganz, aber am Horizont tauchte ein blauer Streif auf, wie eine ferne Insel. Der Kahn fuhr schneller und schneller, und der Vogel, welcher bis dahin ganz stille dagesessen hatte, ward unruhig und schwang sich zuweilen in die Luft empor, als wolle er sich umschauen, so daß Erika immer fürchtete, er würde wegfliegen; aber er kam immer wieder und ließ sich von ihr streicheln. Das gegenüberliegende Ufer ward grüner und deutlicher; Erika unterschied bewaldete Hügel und Baumgruppen. Dann leuchtete es blau und roth, gelb und weiß darin auf, wie mächtige Blumen, die alle Zweige bedeckten.

Rings um das Ufer im Wasser standen dicht gedrängt riesenhohe schilfartige Gewächse mit breiten schwertförmigen Blättern; daraus waren gewaltige Blumen aufgeschossen an langen schwankenden Stengeln, die leuchteten wie Weiße Sonnen.

Erika wußte gar nicht, wie sie durch diese grüne Mauer kommen würde, aber der Kahn fuhr gerade darauf zu; da rauschte die Schilfwand auseinander, und wie durch ein grünes Thor schoß er hinein und glitt sanft ans Ufer.

Da stieg Erika aus auf eine wunderschöne sanft ansteigende Wiese, welche rings von gewaltigen Bäumen eingeschlossen war; von der Höhe floß ein leiser Bach durch sie hin. Der Vogel flog vor Erika her einen schmalen Weg entlang, der zwischen schwankenden Blumen sich hinzog. Zuweilen waren zwischen den niederen Gewächsen gewaltige Pflanzen aufgeschossen, breitblättrig und fabelhaft, welche sonnengleiche strahlende Blumen trugen, und überall schwankten riesengroße Schmetterlinge wie farbige von den Stengeln gelöste Blüthen. Aber es war einsam und stille dort, und die Sonne lag glänzend auf den Blättern; nur der Bach plätscherte und gurgelte ein Weniges zwischen breitblättrigen Pflanzen, welche an seinem Ufer standen.

Wo der Bach aus dem Walde trat, zog sich der Weg breiter neben ihm her; die Bäume streckten ihre gewaltigen Aeste über ihn hinaus und ließen die Ranken der blühenden Schlinggewächse daraus hervorhängen. Hier flogen viele bunte glänzende Vögel in den Zweigen hin und her und Schmetterlinge wiegten sich über den Blumen, und riesengroße Libellen mit golden schimmernden durchsichtigen Flügeln standen in der Luft und schossen über die Bäume dahin.

Es war wunderbar anzusehen: Was Erika eben noch für eine leuchtende Blume hielt, war ein Vogel, der sich glänzend davonschwang, und wenn sie dachte, einen Schmetterling zu sehen, der still auf schwankendem Stengel saß, so war es eine seltsam geformte, leuchtende Blume.

Endlich trat sie aus dem Walde hinaus auf einen weiten freien Platz, der mit sanftem Rasen bedeckt war. In der Mitte desselben erhob sich ein gewaltiger von Schmetterlingen umflatterter Baum, dessen Zweige bis auf die Erde niederhingen, als würden sie von der Last der buntfarbigen Glockenblumen niedergezogen, welche sie über und über bedeckten. Nun erhob sich der Vogel in die Luft, flog auf den Baum zu und verlor sich in seinen Zweigen.

Erika stand allein auf der grünen Wiese vor dem Baume und fürchtete sich fast, denn es gingen da ernsthafte große Vögel einher, mit langen rothen Beinen und einem gravitätischen Schnabel, welche aussahen, als hätten sie dort sehr viel zu sagen; aber sie thaten ihr nichts, sondern sahen sie ganz gutmüthig an. Mit einem Male rauschten die Zweige des Baumes auseinander, und hervor trat eine wunderschöne Frau in langem weißem Gewände; die nahm Erika bei der Hand und sprach: »Liebe Erika, willst du bei mir bleiben auf meiner schönen Insel?«

Da fiel Erika mit einem Male ihr alter Vater ein und das kleine Haus auf der Haide, und der Rosenstrauch auf dem Grabe ihrer Mutter, und sie rief: »Nein, nein! ich muß fort, ich muß fort! mein Vater grämt sich um mich! – ach ich bin sehr schlecht gewesen, daß ich fortgelaufen bin!« und dann weinte sie.

»Sei still, Erika,« sagte die schöne Frau und streichelte ihr das braune Haar, »Du sollst ihn bald wiedersehen, aber es ist weit von hier, und du mußt dich ausruhen!« –

Dann ging sie mit Erika unter den blühenden Baum zurück, der seine mächtigen weitragenden Aeste zu einer wunderbaren Grotte wölbte. Der leichte Wind säuselte in seinen Zweigen, und es war ein leises Wispern und Klingen unter seiner Halle, wie sanfte Musik. Hier setzten sie sich auf prächtige Decken, welche dort ausgebreitet waren, und ein Mahl stand bereit in zierlichen silbernen und goldenen Gefäßen, rothfunkelnder Wein in Krystallflaschen, und goldglänzende Früchte in Schalen von Edelstein. Die Fee nahm einen Becher rothen Weines und bot Erika zu trinken an. Da war es ihr wieder, als höre sie die Haidelerchen singen:

> »Kehr' um! kehr' um! noch ist es Zeit!
> Kehr' um! kehr' um! noch ist es Zeit!«

und ganz aus der Ferne tönte es wie der Ruf ihres Vaters: »Erika! Erika!«

Doch die Fee lächelte holdselig und sprach: »So trink' doch, Erika!« Und der Wein duftete so betäubend, daß sie, unwillkürlich den Becher ansetzte und einen tiefen Zug that. Da ward es ihr rosenroth vor den Augen, und es ging ein Sausen durch ihren Kopf, als wenn

Alles fortzöge, was bis jetzt darin gewohnt, dann hörte sie ein liebliches Klingen und Läuten, und als sie wieder zu sich kam, hatte sie von dem Zaubertrunke Alles vergessen, den Vater, das einsame Haus auf der Haide, und Alles.

Wenn sie zurückdenken wollte in die Vergangenheit, war Alles dunkel, und nur die Gegenwart war schön rosig und lustig. Die Fee zog sie an sich und küßte sie, denn nun gehörte sie ihr ganz, und dann aßen sie zusammen von den Früchten, bis die ernsthaften Vögel kamen und die Gefäße mit ihren Schnäbeln forttrugen, welches Alles sie sehr pünktlich und schweigsam verrichteten. Dann kam ein mit weißen Pfauen bespannter Wagen herangeflogen, und die Fee sprach: »Liebe Erika, ich muß jetzt fort und komme erst am Abend wieder; unterdessen magst du dir die Insel besehen. Einer von den Vögeln wird dich umherführen, und wenn du willst, magst du auch auf ihm reiten; fürchte dich nur nicht!«

Dann traten sie aus der Baumhalle hinaus, und die Fee flog mit ihrem Wagen davon, hoch hinein in die blaue Luft, bis sie zuletzt, in ihrem Weißen glänzenden Gewande wie ein schimmernder Stern anzusehen, am blauen Himmel verschwand.

Erika ging dann umher und betrachtete den Baum, der mit seinen Glocken wie ein gewaltiger, farbig blühender Berg vor ihr stand. Da sah sie, wie fortwährend neue Blumen hervorwuchsen und verblühte niedersanken, aber sie kamen nicht zur Erde, denn im Fallen verwandelten sie sich in Schmetterlinge und flatterten fort in den Wald. Auch Früchte saßen daran, wie glänzende Kugeln; von Zeit zu Zeit sprang eine davon auf, und ein schimmernder Vogel flog draus hervor und setzte sich in die Zweige, oder zog nach dem Walde hinüber. Als sie noch so stand und schaute, kam einer der großen Vögel herbei, verneigte sich gravitätisch vor ihr, ging dann vor ihr her und führte sie überall umher. Als Erika sah, wie sanft und zutraulich er war, bekam sie Lust, auf seinen Rücken zu steigen, was ihr von einem Baumaste aus auch ganz gut gelang; aber wie erschrak sie, als er plötzlich einen Anlauf nahm, die mächtigen Flügel regte und mit ihr in die Luft hinaufstieg. Sie klammerte sich angstvoll an seine Federn, aber bald fürchtete sie sich nicht mehr, denn es saß sich auf seinem Rücken so sanft und sicher wie in einer Wiege, und es war herrlich, so von oben auf Land und Wasser niederzuschauen. Zuerst stieg der Vogel hoch hinauf, daß die Insel im See erschien wie ein farbiger Teppich auf blauem Grunde; dann aber schwamm er in langsamen Kreisen in der Luft umher und senkte sich sanft zur Insel nieder. Unterdessen war es Abend geworden, und die Sonne tauchte rothglühend aus dem wolkenlosen Himmel in den See; da sank der Vogel schnell mit Erika zur Erde nieder und setzte sie bei dem blühenden Baume ins Gras.

Jetzt flogen in der Dämmerung Leuchtkäfer wie kleine Laternen umher, und in jeder Blume saß einer und illuminirte, daß sie Alle ein sanftes weißes oder farbiges Licht ausstrahlten. Vor Erika her aber flogen immer zwei gewaltige Laternenschmetterlinge und leuchteten ihr. Als sie nun den glänzenden Käfern nachsah, welche in der Luft sich kreuzend umhertummelten wie fliegende Sterne, bemerkte sie plötzlich gegen den dunklen Himmel ein strahlendes Licht in der Höhe, welches größer und größer erschien, wie es sich näherte. Bald erkannte sie die Fee auf ihrem schimmernden Wagen, gezogen von den weißen Pfauen, welche jetzt auf den Köpfen einen strahlenden Stern trugen. Sie begrüßte Erika und brachte sie dann unter den Baum, wo die Vögel bereits eine weiche, schaukelnde Hängematte unter den Aesten ausgespannt hatten. Da legte sich Erika zum Schlafen hinein. Durch die Zweige leuchteten sanft die Blumenglocken auf sie hernieder; zuweilen irrte summend ein Käfer wie ein Feuerfunke durch den Baum; die beiden Laternenschmetterlinge aber hatten ihr Lichtlein ausgemacht, saßen zu ihren Häupten und fächelten mit den Flügeln, und unter dem Summen der Käfer und dem leisen Wiegengesang des Baumes entschlief sie süß und sanft.

Erika lebte nun viele Tage bei der Fee auf der schönen Insel. Des Morgens, wenn der Rand der Sonne eben aus dem See hervorschaute und seine Strahlen in die Wipfel der Bäume warf, sprang sie aus ihrem schwebenden Bettlein und stieg auf einem der niederhängenden Aeste wie auf einer natürlichen Treppe in den Baum hinauf. Dort schlief die Fee in einer dichten Grotte von Blättern und Zweigen. Dann stiegen sie zusammen auf den Wipfel des Baumes, wo man die ganze Insel übersehen konnte, setzten sich dort auf die dichten Zweige, und Erika kämmte mit einem goldenen Kamme die langen goldfarbenen Haare der Fee; die Schmetterlinge umtanzten sie und die Vögel flogen über sie hinweg. Ringsherum lag der blühende Wald und ferner weit hinaus der blaue See, bis er in einer feinen Linie mit dem dämmernden Horizont sich begrenzte. Bald nachher flog die Fee fort auf ihrem Pfauenwagen, und Erika war allein den ganzen Tag. Sie spielte dann mit den Blumen, Schmetterlingen und Vögeln, und war lange Zeit fröhlich und glücklich. Doch dann erschien es ihr gar nicht mehr so schön auf der Insel. Alles blieb sich gleich, es war immer dasselbe. Der große Baum blühte und blühte, die Blüthen fielen ab und wurden Schmetterlinge, und aus den Früchten kamen immer wieder die glänzenden Vögel hervor. Immer war der Himmel heiter, klar und blau, und die Fee flog stets am Morgen weg und kam am Abend wieder, so ging es einen Tag und alle Tage.

Eines Morgens nun, als Erika aufrecht in ihrem Bette saß und recht verdrießlich aussah, denn sie dachte an den langen Tag, der vor ihr lag und an die ewigen bunten schweigsamen Vögel und Schmetterlinge und an alle die Pracht, welche sie so genau kannte, da war ihr mit einem Male, als höre sie aus weiter Ferne ganz leise den Gesang eines Vogels. Das klang so wehmüthig und sehnsüchtig, daß ihr ganz wunderbar ums Herze ward; sie horchte darnach und es war ihr immer, als müsse sie sich an Etwas erinnern, was früher gewesen war, aber es wollte ihr nicht einfallen. Sie stand auf und ging dem Klange nach, aber da ertönte es ferner und ferner und verstummte endlich ganz. Da fiel ihr Plötzlich ein, daß sie auf der Insel nie den Gesang eines Vogels gehört hatte, denn die bunten Vögel waren stumm, und auf der ganzen Insel hörte man nie einen Ton.

Da lief sie schnell zu der Fee und rief: »du, warum singen die Vögel hier nicht?« die Fee lächelte und sprach: »Sie werden schon singen, wenn du sie mit diesem Stäbchen anrührst.« Dabei reichte sie ihr ein goldenes Stäbchen.

Nun lief Erika fröhlich fort in den Wald, lockte die Vögel herbei und berührte sie mit dem Stäbchen, und sofort erhoben sie eine liebliche flötende Stimme und sangen, daß es durch den Wald schallte. Erika jubelte und rührte sogar die großen Vögel auf dem Rasenplatze damit an, aber diese verneigten sich tief vor ihr und gaben ein so rauhes heiseres Gebrüll von sich, daß Erika erschrak und in den Wald lief, um es nicht zu hören. Nun war es auf der

Insel wie verwandelt. Wo früher kein Ton sich hören ließ, war nun ein Schmettern, Jubiliren, und Flöten, daß es die Ohren betäubte, und Erika lief umher und ward gar nicht müde, die Vögel anzurühren; sie sollten alle singen, alle die da waren. Gegen Abend aber verstummte einer nach dem andern, und bald war es auf der Insel still wie zuvor.

Am andern Morgen, als die Sonne aufging, war Erika schon wach, allein Alles war stumm und still; die Vögel flogen glänzend umher im Sonnenlichte, aber keiner gab einen Ton von sich.

Die Fee erklärte es ihr: »Die Berührung wirkt nur auf einen Tag, am Abend verstummen die Vögel und erhalten die Stimmen nur durch eine neue Berührung wieder.«

An diesem Tage berührte Erika nur einige Vögel mit ihrem Stäbchen und hörte dem lieblichen Gesange zu. Aber es dauerte nicht lange, da erschien ihr der Gesang nicht mehr so schön wie vorhin. Die Vögel saßen dort im Sonnenschein, ließen ihr prunkendes Gefieder glänzen und sangen ihr Lied immer wieder von vorne, immer gleich schön, immer dasselbe, als hätten sie ein Uhrwerk im Innern. Es war Erika immer, als fehle die Hauptsache an diesem Gesange, sie konnte nur nicht sagen, was. Zuletzt wußte sie es auswendig: »Tireli, Tirela! gluck .. gluck .. gluck zizizizi .....Dann lief sie fort, um es nicht mehr zu hören und am Abend war sie froh, als die Vögel endlich schwiegen.

An diesem Abend konnte sie nicht einschlafen. Sie war traurig und wußte nicht warum und starrte in das dunkle Gezweige des Baumes, durch welches sanft die Blumen hereinleuchteten. Da hörte sie wieder den sanften Gesang jenes Vogels, und es schien ihr in größerer Nähe zu sein, als schwebe er in der Luft über dem Baume. Nun grübelte sie wieder und sann und sann, und es wollte ihr doch nicht einfallen. Eine tiefe Sehnsucht kam über sie, es war, als zöge der Vogel mit seinem wehmüthigen Gesange sie fort, als müsse sie gleich auffliegen und ihm nachfolgen. Endlich ward der Gesang leiser und leiser, und dann schlief sie darüber ein.

Nun hatte Erika gar keine Lust mehr, die andern Vögel singen zu hören; sie ging trübselig umher, und nichts machte ihr Vergnügen. Alle Abende sang der Vogel; es schien ihr, als säße er jetzt oben in dem großen Baum, und fast die ganzen Nächte konnte sie nicht

schlafen vor Sehnsucht und Unruhe, und sie wußte doch nicht wo-
nach. Eines Morgens sprach die Fee zu ihr: »Du bist nicht mehr so
fröhlich als sonst, liebe Erika, du sehnst dich gewiß nach Gesell-
schaft. Nimm nur dein goldenes Stäbchen und rühre die Blumen
damit an; dann werden liebliche Kinder daraus, und du kannst mit
ihnen spielen.«

Da jubelte Erika, lief in den Wald hinaus und berührte eine weiße
Blume damit, welche sie vor allen liebte. Sogleich tauchte aus dem
Blumenkelche ein lichtes Kinderantlitz hervor mit hellen weichen
Locken, die weißen Blumenblätter flossen zu einem Kleide hernieder, und da stand ein liebliches Mädchen und lächelte sie an. Sie
küßten sich gleich, und dann rührte Erika noch mehr Blumen an.
Die rothen wurden zu schwarzlockigen Kindern mit leuchtenden
schwarzen Augen, die blauen wurden blond und die gelben braun
von Haar.

Das war nun ein herrliches Leben den ganzen Tag. In dem großen
Baume, auf dessen breiten mit weichem Moos bewachsenen Aesten
sie einher laufen konnten wie auf Fußsteigen, und auf dessen dicht-
belaubten Zweigen sie saßen wie auf weichen Kissen, tummelten sie
sich umher und spielten »Verstecken,« »Besuch« und »Wie gefällt
dir dein Nachbar,« und dann tanzten sie alle auf dem Rasen bis
zum Abend.

Als die Sonne versinken wollte, verloren sich die Kinder eins
nach dem andern in den Wald; nur das erste war noch da, aus der
Weißen Blume. Erika wollte es festhalten, denn es sollte bei ihr in
der Hängematte schlafen, weil sie es so lieb hatte, aber es entwand
sich ihr und verschwand im Dämmern des Waldes. Erika war aber
doch ganz vergnügt, denn sie dachte: »Morgen werden sie wieder-
kommen, und dann spielen wir noch schöner als heute.« Mit dem
Gedanken schlief sie ein.

Es ließ sich am andern Morgen aber kein Kind sehen, so viel auch
Erika suchte und im Walde nach ihnen rief. Es blieb ihr nichts anderes übrig, als neue Blumen zu verwandeln. Nun war sie aber gar
nicht mehr so vergnügt wie am vorigen Tage, denn sie mußte immer denken, wo die andern wohl geblieben wären.

Heute ritten sie alle auf den großen Vögeln in die Luft hinein,
und Erika vergaß fast ihren Kummer, als sie mit der ganzen bunten

Schaar sich in der Luft herumtummelte, und die Vögel prächtige Schwenkungen machten, über einander hinwegflogen und dann in großen Kreisen langsam wieder zur Erde niederschwebten. Dann spielten sie am Bach, wo er sanft dahinfloß, machten sich Kähne aus großen Blättern, spannten Libellen davor und fuhren darin spazieren bis an den See hinaus. Dort saßen sie im Rohr und bliesen auf kleinen Pfeiflein, welche sie sich schnitten und spielten mit den Fischen, welche zutraulich ihre Köpfe aus dem Wasser steckten. Gegen Abend aber tanzten sie wieder auf dem grünen Platze am Baum. Als die Sonne untergehen wollte, fingen die Kinder wieder an, in den Wald zu laufen, und ehe Erika es sich versah, war nur noch eines dort, welches eben mit ihr gespielt hatte.

Da umschlang Erika das Kind und rief: »Du sollst nicht fortlaufen, du sollst mir sagen, wo ihr bleibt, ich will es wissen!«

Das Kind aber wand sich in ihren Armen und strebte fort. Als es sich eben mit Mühe von Erika losgemacht hatte, verschwand der letzte Schimmer der Sonne am Horizont, das Kind schrumpfte zusammen, und eine verwelkte weiße Blüthe lag zu Erikas Füßen. Sie weinte laut auf, kniete nieder und küßte die Blume und berührte sie mit dem Stäbchen, aber sie blieb todt und welk.

Als sie dann traurig in ihrem schwankenden Bettlein lag und weinte, da hörte sie wieder den leisen fernen Gesang, und er kam näher und näher; endlich hörte sie ihn oben im Baume und nun näher und näher, als käme der Vogel die Zweige hernieder gehüpft. Dann hörte sie ein leichtes Flattern und nun sah sie ganz deutlich in dem hellen Scheine, welchen die Blumen ausstrahlten, ein kleines graues Vögelchen auf einem Zweige dicht über sich sitzen. Das sang und sang so schön, daß Erika die Thränen in die Augen kamen.

»Singe nicht so laut, kleines Vögelchen, die Fee möchte dich hören,« sagte Erika. Nun verstand sie Alles was der Vogel sang.

»Sie hört mich nicht, sie hört mich nicht. Nur du allein hörst mich; für dich singe ich. Weißt du wohl noch Erika? Kennst du das kleine graue Haus auf der Haide, wo die summenden Bienenstöcke stehen? Hast du wohl einmal an den alten Mann gedacht, deinen Vater, der dich so lieb hat, und der nun ganz allein ist, ganz allein? Erinnerst du dich nicht des Rosenstrauches auf dem Grabe deiner Mutter unter der hohen einsamen Tanne? Erika! Erika!«

Und wie aus einem Nebel tauchten Erika die Erinnerungen auf. Sie sah Alles, was der Vogel sang, und es überkam sie eine gewaltige Sehnsucht.

»Ich muß fort, ich muß fort, ich muß nach Hause!« sprach sie. Aber das Vöglein sang weiter:

»Wie schön ist die Haide, wie schön. Wenn sie roth hinausblüht ins Weite bis an das blaue Himmelsrund, und die Bienen summen im duftigen Kraut und die Haidelerchen darüber stehn wie klingende Sterne. Und die Sonne wandelt im Blau und glüht hernieder, daß die Luft zittert über dem blühenden Meere, – und die blauen Schmetterlinge flattern darüber hin. Wie schön ist die Haide, wie schön!«

Unter dem Gesange war der Vogel fortgeflattert, ferner und ferner tönte der Gesang und wie hoch aus der Luft vernahm Erika noch einmal: »Wie schön ist die Haide, wie schön!« Dann war Alles still.

Erika saß aufgerichtet in ihrem Bette. »Ich muß fort, ich muß fort, ich muß nach Hause!« sagte sie. Aber wie sollte sie wegkommen? Ringsum floß das Wasser, und die Fee ließ sie gewiß nicht fort; sie fürchtete sich, sie zu bitten, und fort mußte sie, sonst starb sie vor Sehnsucht.

Dann dachte sie wieder an den Vater und an seinen Kummer, daß sie ihn verlassen hatte, und weinte sich endlich in Schlaf. Am andern Morgen lief sie am Wasser entlang auf der ganzen Insel umher und suchte eine Oeffnung in der undurchdringlichen hohen Schilfwand. Aber rings standen dicht gedrängt die scharfen schwertförmigen Blätter wie eine Mauer, und schnitten ihr die Hände blutig, wenn sie hindurchwollte. Endlich fiel ihr der Bach ein; sie eilte hin und jubelte auf, als sie sah, daß derselbe durch eine Oeffnung in der Schilfwand in den See floß. Nun saß sie nieder und machte sich einen Kahn aus einem großen zähen Blatte, und neben ihr auf einem Zweige saß das graue Vöglein und sang zur Arbeit. Sie hastete sich sehr, denn sie mußte fort, ehe die Fee zurückkam. Die Sonne senkte sich zum Horizont, als sie fertig war. Da brach sie einen Zweig ab zum Rudern, setzte sich getrost in den leichten Kahn und stieß vom Lande ab; das Vöglein flog ihr auf die Schulter. Zuerst fuhr sie zwischen den Schilfwänden hin, denn weit hinaus stand das Rohr in

den See. Als sie eben um eine Biegung ins Freie hinausfahren wollte, standen da zwei große Vögel im Wasser wie Wächter an beiden
Seiten. Die sperrten ihre gewaltigen Schnäbel auf, klappten grimmig
damit und hackten nach Erika. »Das Stäbchen, das Stäbchen!« sang
ihr das Vöglein ins Ohr. Als sie die Vögel damit berührte, verbeug-
ten sie sich ganz ehrerbietig, daß die langen Schnäbel ins Wasser
tauchten und ließen sie vorüberfahren. Sie ruderte nun in den See
hinaus, der still und glatt in der Abendsonne dalag, und weiter und
weiter blieb die Insel hinter ihr zurück. Die Sonne versank in
schweres Gewölk, das lang hingestreckt am Horizont lag, und das
Abendroth warf einen rothen Schein über den See hinaus. Dann
erblaßte der Schein, und dunkel ward die Fluth, und dunkel ward
es ringsum, und die wimmelnden Sterne glänzten am Himmel, und
ihre flimmernden Spiegelbilder ruhten tief im Grunde des Wassers.
Bald aber kam der Mond aus den Wolken hervorgegangen und
machte eine glänzende Straße über den See hinaus, und Erika fuhr
immer darin weiter und ruderte, daß ihr die Hände blutig wurden.
»Halt' aus, halt' aus!« sang das Vöglein.

Plötzlich hörte Erika ein liebliches Klingen und Sausen in der
Luft, und dann sah sie Etwas wie eine Weiße Wolke ihr entgegen-
kommen die Mondstraße entlang. Dann unterschied sie Stimmen
und feines silbernes Lachen, und dann kam es näher, und sie sah,
daß es weiße liebliche Gestalten waren, mit langem wehendem
Haar und weißen nachschwebenden Gewändern, Flügelchen an
den Schultern, so durchsichtig wie Glas. Die hatten sich bei den
Händen gefaßt und bald zogen sie in langer Reihe, bald drehten sie
sich im Ringeltanz, während sie über das Wasser dahinflogen.

Sie zogen heran und über Erika hinweg, schauten hernieder und
nickten ihr zu und verschwanden im Mondschein.

»Es sind die Elfen, sie gehen ans andere Ufer,« sang der kleine
graue Vogel. –

Als die Fee nach Hause kam und Erika auf der ganzen Insel nicht
fand, stieg sie auf einem Vogel in die Luft empor und erblickte Erika, wie sie im Mondschein weit auf dem See fuhr. Sie hatte aber
außer der Insel keine Macht, sie zurückzuholen. Da sie aber sehr
zornig war, erregte sie einen gewaltigen Sturm auf dem See, daß
Erika ertrinken sollte. Die Wolken zogen vor den Mond, daß es

ganz dunkel ward, und der Wind machte sich auf und heulte über den See hin, daß die Wellen sich empor bäumten und wie dunkle Ungethüme mit weißen Kämmen einherzogen und Erika zu verschlingen drohten.

Die saß in ihrem kleinen Schifflein und zitterte und blickte angstvoll in die Nacht hinaus. Aber das Vöglein sang ihr ins Ohr: »Halt' aus, halt' aus!« Da faßte sie wieder Muth und schöpfte mit ihren kleinen Händen hastig das Wasser aus, welches in das Schifflein drang; aber der Sturm ward mächtiger, und die Wogen warfen das Schifflein umher wie einen Spielball; dann kam eine gewaltige Welle angezogen, schlug über sie hinaus, und ihr vergingen die Sinne.

Als sie wieder zu sich kam, lag sie auf einem grünen Rasen am Ufer des Sees, der noch in leichten Wellen sich regte; die Sonne schien schon durch das Gezweige und glänzte über dem Wasser.

Da war nun ein großer wilder Wald, viele Meilen weit, aber sie ging den ganzen Tag; das Vöglein flog vor ihr her und zeigte ihr den Weg. Wenn sie müde war, sang das Vöglein und die Sehnsucht trieb sie fort über Berge und durch Thäler. Die Dornen rissen sie blutig, und die spitzen Steine zerschnitten ihr die Füße, aber sie achtete nicht Schmerz und Hunger; nur im Vorübergehen streifte sie Beeren von den Büschen und aß sie. Des Nachts, wenn sie im Moose lag und schlafen wollte, brüllten die wilden Thiere rings umher und gewaltige Eulen mit glühenden Augen flogen geräuschlos über sie hin und riefen schauerlich: »Schuhu! Schuhu!« Aber das Vöglein sang ihr ins Ohr, und sie hörte nicht darnach.

Sie war schon viele Tage gegangen, da ward eines Morgens der Wald lichter und lichter, bald standen nur noch einzelne Tannen dort zerstreut, und dann trat sie hinaus auf die Haide, die sich weit einsam und flach dahinzog. Erika jubelte auf, warf sich auf den Boden und küßte die Erde. Noch war aber der Weg weit, die Sonne brannte glühend vom Himmel und weit und breit war kein Quell, daß Erika fast verschmachtet wäre.

Aber das Vöglein flog vor ihr her und sang, da fühlte sie den brennenden Durst nicht mehr. Endlich, am Nachmittage, sah sie einen blauen Rauch am Horizonte in die klare Luft aufsteigen und hastiger wurden ihre Schritte. Dann tauchte auch das graue Haus hervor zwischen den jungen Tannen – fern lag es wie ein kleiner

Hügel in bläulichem Duft – und am Abend, als die Sonne hinter ihr untergehen wollte, war sie dort athemlos vor Hast und rief schon von ferne: »Vater, Vater!« Der stand bei seinen Bienenstöcken und drehte sich hastig um, da flog sie an seine Brust und schluchzte und weinte vor Freude.

Das graue Vöglein aber schwang sich jubelnd in die Luft empor zu den Haidelerchen, welche dort oben den stillen glänzenden Abend besangen, und die Sonne versank wie eine große roth golde-ne Scheibe am Horizont. Still und groß stand das Abendroth am Himmel, und der Vater drückte seine Erika ans Herz, streichelte ihr die braunen Locken und küßte sie auf den Mund, und es war Alles wieder gut. –

Hans Peiter Semmelmann.

Dor wir mal eens en Fidelmuskant, denn sin Nam was Hans Peiter Semmelmann. Dat wir man 'n lütten wanschapen Kirl; he seg ut
as 'n Nätknacker acht Dag na Wihnachten, wenn de Lack dor all
von af is, un de Gören em dat Krüz all afdreiht hebben; äver spẹlen
künn he up sin Vigelin, dat de öllsten Kräpels mit Holtfööt rüm-
springen müsten un Hurrah schrigen. Wenn he bi ne Hochtit odder
ne Austköst upspẹlen ded, denn wir dat en Lẹben un ne Lust un 'n
Gejuch, un de klööksten un irbarsten Lüd, de dat ganze Jor dörch so
utverscham'tvernünftich wiren, for'te dat in de Been, un se müsten
ok eins mit rümdanzen.

De Buren sẹden äver ok: »Uns Hans Peiter spẹlt vör Söss un
kricht man vör Eenen betal't.« Dor wir jo denn ok Prefit bi.

Hans Peiter drev sik ümmer in 'n Lann un in de Kröög rüm un
wir in de ganze Gegent bekant. He wir kinnerleef un bugte de Jungs
Wint- un Watermälen un mak't ẹr Ballerbüssen un lir't ẹr schöne
Flööten sniden ut Widen un Rur, wo 'n ornlich up spẹlen künn. He
kloppte de Widen ok immer na den schönen Vars:

> Pipen, Pipen, Basterjan!
> Lat de Fidel un Flööten gan ...

denn süss kann dor nix nich ut warden.

Krischan Römpagel in Rütebusch hadd he ne Rurflööt mak't, der
kunn he ornlich up spẹlen:

> »O du lieber Augustin!
> Alles ist weg, weg, weg!«

un ok dat anner

> »Lott is dot,
> Lottisdot,
> Jule licht in 'n Graben ...«

De Dirns bröcht he bunt Flicken- un Lappenwark mit vör ẹr Pop-
pen, wat he sik allerwẹgt tosamen snurren ded, un de Husfrugens
'n Stremel nigen Snack, un de Mannslüd vertellthe wo 't inne Welt
utseg, von 'n Krig un von Napolion un allerhant, wat he inne Stat
süss to weeten kreg.

So reist he ümmer von een Dörp na 't anner. Ball eins fürt he mit
'n Slachter- odder mit 'n Möllerwagen 'n Enning, un wenn 't nicht
anners wir, denn güng he mit sin lütten scheeben Beenen ganz girn
to Foot. Mennichmal müst he ok noch midden inne Nacht dörch 't
Holt gan, denn grugen ded he sik nich, un wenn em denn mal so 'n
beten von Grugel ankamen wull, denn nem he sin Vigelin un spelt
'n lustigen Danz, denn wir dat glik vörbi.

Eins Abents, dat wir all ganz lat, kem he ok in 'n grotes Holt, wat
vele Milen lank wir. He güng ümmer forsch vör sik hen. De Man'
schin'te baben dörch de Bööken, dat de blanken Stemm' in Düstern
lüchten deden. Dat was ne rechte klore Harwstnacht, un dat Lof
ruschelt in 'n Footstich un mennichmal rep ne Ul deep in 'n dicksten
Holt, süss wir Allens still.

Hans Peiter äver schimpt' un gnetert' vör sik hen, denn he was
hellschen falsch un hadd ok 'n bẹten to deep in de Buddel kẹken. He
argert sik, dat he nich ok rank un slank wussen wir, as de annern
jungen Kirls. Dor wir ne smucke dralle Dirn wẹst hüt Abent mit
brune blanke Ogen, en oll lütt sööte Pummel, de wir he mit verleev-
te Redensorten unner de Ogen gan, wil dat he ẹr gor to girn liden
mücht – un se hadd sik snipschen ümdreiht un to Korlin Pümpel,
wat ẹr Fründin was, secht: »Wat de oll verdrögt Nätknacker wol
will!«

Dat hadd em tu dull argert.

Süll he denn gor nix hebben von Leev un Lẹben, wil he man kort
verstipert wir un lütte scheeve Been hadd un 'n lütten Verdruß
mank de Schullern? Künn he nich bẹter ne Fru ernẹren, as so 'n
langen Lümmel von Knecht, de wider nix künn as mit Pird rüm
ramenten un in 'n Mess asen? Hadd he nich 'n gatlichen
Strumpschacht vull preußsche Dalers in sin Beddstroh, un weck
wiren gor Luggedurs? Un künn he nich alle Tag heuraten?

So guertert nu gnarrt he vör sik hen un markt' gor nich, dat he von 'n richtigen Wech afkamen wir up 'n annern, de midden dörch de dicksten Dannen güng.

Mit eins stödd he sik an ne Bomwöttel, de as ne Adder äver den Wech leg, dat he binah follen wir.

»An, au!« man'te dat dütlich, un 't was em, as wenn de Bomwöttel sik vör Weehdag winnen ded.

De Dannen stünnen hoch un düster, as ne Want an beiden Siden un dat ruschelt un muschelt dor in un kröp in de Telgen un wir 'n heimliches Gew(?)s', dat em ganz gruglich to Mood würd. Dor sat ne Ul up den Telgen un glupt' em an mit glööndige Ogen un wiwag't mit den Kopp, ümmer up un dal, ümmer up und dal. Up den Wech schin't de Man', un dat lep dor up un krabbelt vör em wech in de Büsche un wöltert sik äver den Stich, dat hadd all so 'n verdeuveltes Anseen, he künn dor nich klook ut warden.

De ollen Bomknest keken em an mit olle Minschengesichter un trekten dat Mul scheef im stickten de Tung ut un dreihten mit de Ogen, un wenn he denn scharp henseen ded, wiren 't doch man olle Bomknest. Dat wir, as wenn em Allens to 'n Narren hebben wull.

Toletzt würd ein dat tu dull, denn ein enfamtiges Katteiker lep ümner vör em her un tröck den Puckel krumm un füng au to humpeln, as wull et sine Gangort namaken. He würd hellschen falsch: »Nu verdammtes Veeh!« sed he, rak't 'n por Dannenappel up un smet dorna. Denn in dissen Punkt güng't em as den Swinegel – up sin scheeven Been let he nix kamen.

Dor würd nu äver en grugligen Larm in 'n ganzen Holt, un 'n Lachen un Hulen un Jaulen mit fine un grave Stimmen, un 'n Upstant un Burren in de Telgen, un ein Gespring in den Wech, un Ulen sus'ten em üm den Kopp un krisch'ten: »Nätknacker! Nätknacker!« dat den armen Fidelmuskanten Hüren un Seen vergüng.

Mit 'n Mal rep dat äver mit ne grave Stimm: »Ruhich dor, Takeltüch!« un Allens würd dodenstill.

Dor würd dat en Breken in de Dannen un en grotes olles Wiltswin güng ganz lanksam und irbor äver den Wech.

»Gun Abent!« sed dat in 'n deepsten Baß.

»Gun Abent!« sęd Hans Peiter un nem de Mütz af, denn he was 'n sir höflichen Minsch.

»Den Dunner, wat's dit?« sęd Hans Peiter donn un kek dat oll Swin ganz verstutzt na.

Dat durt nich lang, donn güng det Lęben in de Telgen wedder los.

De Ulen seten wedder dor un glupten em mit glööndige Ogen an un knackten mit 'n Snabel, un lütt Müs keken mit ęr plit'schen Ogen ut de Löcker un pip'ten hön'schen achter em an.

Dor dacht Hans Peiter an sin Vigelin, un füng an to spęlen so wilt un dull un lustich, dat dat wit in 't Holt to hüren wir.

Dur künn ok de öllste Ul sik nich betęmen un bört een Been up un denn dat anner, ümmer in 'n Takt, un dat durt nich lang, donn danzten alle Ulen olt un jung ümmer runt üm. Dorbi rullten se mit de Ogen un knackten mit den Snabel un flögen mit de Flüchten, dat was gruglich antoseen. Un de Katteikers danzten dörch de Telgen ümmer in Sprüng von eenen Bom na 'n annern, dat een oll Ul ganz düsig würd von 't Anseen un von 'n Telgen föll. Dat wir en grugeliges Danzen in 'n ganzen Holt; de Müs danzten Kringelkranz, un de groten Holtbück hadden sik mit de Vörderbeen an er langen Hürn fat't un danzten Kattendanz, un in de ollen Dannen kem en Rögen und Wiwagen; dat wir man goot, dat se fastwussen wiren, süss hadden se jewol ok noch mitdanzt. Dunn mit eins seg Hans Peiter vör sik her up den Wech dat oll Swin wanken, as wenn ne oll Kommod dat Danzen kricht, un achter her swenkt sik ne ganze Reeg Farken, de hadden sik all in 'n Swanz beten un dat vöddelst hadd Mudding eren in 'n Mul, un so danzten se den Wech entlank.

As he disse Wirkung von sin Vigelin gewor würd, donn würd he so dull un lustich splen, dat een oll Ul na de anner ut de Pust kem un von 'n Bom föll, denn de ollen Ulen wiren ma wat kortluftig.

Dat wort nich lang, donn würd he en Licht mank de Böm gewor un he kem an en lütt fries Flach midden in 'n Holt. Dor brennte ein grotes Für unner ne holl Eek un ne olle gruglige Hex mit 'n Puckel, de noch vel gröter wir as Hans Peiter sin, rügte dor ümmer mit 'n Lepel in runt üm.

De swenkte eren Kaklepel üm den Kopp un krisch'te em an:

»Gun Abent, gun Abent! Hans Peiter, kikst ok mal 'n beten vör? Dat 's nett von di, dat du mi olle Fru ok mal besöchst!«

»Gun Abent, Trilksch!« sed he, denn he kennte er – se wahnt in Rugenhagen, un de Lud seden, se künn Weder maken un allerhant anner Hexenkunst – »gun Abent!« sed he, »wat kakst du dor?«

»Supp,« sed se,»Supp, Hans Peiter, 'n beten warme Suftp up 'n kollen Abeut,« Un dorbi grin't se, dat em dat kolt den Puckel lank lep.

Un in den Ketel dar mau't dat un güns't dat, as lütt Kinner und Katten, äver ganz lising, un dat rögt' sik dorin, as wenn sik Stangen un Poggen durch enanner wünnen, un denn wir dat wedder speegelblank, un 't schin't em, as wenn em en gruglich Gesicht dorut ankiken ded, un denn smeten sik wedder Blasen up un platzten, un ut jede Blas flackert ein lütt blag Flamm un flög un spelt inne Luft.

Em würd dat uuheimlich un he wir girn to Hus west.

»Trilksch,« sed he. »ik hevv mi verbistert, kanst du mi nich den richtigen Wech wisen?«

»Ne, min Jung!« sed se, »eben büst du irst kamen un wist denn glik wedder wech? Wi willen lustich sin, min Jung, hüt Abent! Ik hevv lang nich danzt, spel mal eenen up, äver düchtich!« –

»Na, denn helpt dat nich,« sed Hans Peiter, un füng au to spelen.

Nu würd de oll Hex ganz as dull. Den Kaklepel swenkt se sik üm den Kopp, un nu würd dat en Springen un Beensmiten un Juchen von dat olle Wif, dat einen Hüren un Seen vergan künn. Wo seg dat Dirt ut! De ollen dünnen Been mit de groten Schoo leten as 'n por grote Soden Torf, wo Bessenstels rin steken sünt, de Kopp wackelt er up den dünnen Hals un so danzte se ümmer um dat Für un um den Ketel rüm. Den Man' würd dat to gruglich un he verkröp sik achter ne Wulk. Egentlich wir dat äver mir to 'n Lachen as to 'n Grugen, un Hans Peiter sat denn ok up sinen Bomknast un lacht sik un schüdd't sik un spelt ümmer düller un ümmer lustiger. Toletzt künn he 't äver nich mir uthollen, sett't sin Vigelin af un höll sik den Buk un lacht, dat he bina ümfollen wir. As nu de oll Hex marken ded, dat er dat gellen füll, donn kam se so in Wut, dat se ornlich

bevern ded. Mit glööndige Ogen stört't se up em to un bevert mit de
Munt, as wenn se wat seggen wull, äver se wir to dull ut de Pust.
Aever so vel künn se noch, dat se 'n Beten vör sik hen bed't un mit
den Kaklepel in de Supp langt un den armen Hans Peiter dormit
besprützt.

Dor was 't vörbi mit em.

Sin Vigelin wüss fast an em, un he würd lütter un ümmer lütter.
Sin grise Rock un sin rode West deelten sik to Feddern ut enanner,
un sin Vigelin wurd 'n lütten Snabel.

De dünnen Beenings würden dünner un dünner, un Vagelkrallen
wüssen em an de Fööt. Un ganz lütt un lütting set he toletzt up den
Telgen as 'n lüttes Rotbösting.

»Ik will di lirn, oll Frugens to 'n Narren tu hebben!« sed de Hex
un fort dörch de Luft as ne oll Ul mit glööndige Flüchten.

Un Hans Peiter beswim'te dat, un 't würd em düster vör de Ogen.

As he de Ogen upmaken ded, schin'te em de Sünn grad in 't Gesicht, un he lach verdwas midden in 'n Graben, de Been in 'n Enn,
den Kopp in 'n Enn, tosamenklappt as 'n Klappmetz, un was gruge-
lig düsig in sinen Kopp.

Baben in 'n Telgen hüppte en oll lütt Rotbösting un pip'te, un 't
klüng grad as: »Etsch – etsch!«

Donn flög et äver mit eins baben in ne sünnbeschin'te Dannen-
spitz un füng wunnerschön an to singen, un flög up ne anner Spitz
un süng un süng sik ümmer von eenen Bom na 'n annern. Hans
Peiter gravvelt na sin Vigelin un kröp verdreetlich ut den Graben
rut, reckt sin stiben Been un rev sik den düsigen Kopp un schöv
lanksam as de düre Tit dörch dat Holt na Hus, un em was jemmer-
lich to Mood. Dat is de Geschicht von Haus Peiter Semmelmann,
den Fidelmuskanten.

Das Hünengrab.

Draußen auf dem Felde zwischen dem Korn lag ein Hünengrab. Eine gewaltige Eiche stand darauf und rings umher Weißdorn, wilde Rosen und anderes Gesträuch.

Eines Tages, da ich noch ein kleiner Knabe war, und mir das Korn weit über mein Haupt reichte, ging ich an einem Sonnabendnachmittag hinaus, denn ich wollte mir Spielbaumholz schneiden zu Bolzen für meine Armbrust. Ich saß eine Weile auf den knorrigen Baumwurzeln der alten Eiche und schaute über das Feld hinaus. Es war ein recht sonnenglühender Nachmittag, und nur zuweilen hauchte ein warmer Luftzug über die Felder, daß sich die Halme flüsternd neigten. Am Horizont standen weiße träumende Wolken und rings umher war das schwirrende Getön der sommerlichen Insecten. Aus dem gelben Kornmeer taumelten zuweilen die spielenden Schmetterlinge hervor und verschwanden dann wieder zwischen den Halmen.

Da ich einige Zeit so gesessen, ward neben mir im Buschwerk ein Geräusch, ein Knistern im Gras und ein Rascheln in den kleinen Zweigen. Anfangs achtete ich nicht darauf, denn es gab dort viele Mäuse, welche im Hügel ihre Nester hatten. Da hörte ich plötzlich eine feine Stimme sagen: »Hackebock, bring' auch die große Krone heraus!«

Ich erschrak, denn ich sah dort Niemand, nur zwischen den Büschen, wo ein kleiner freier Platz war, bemerkte ich etwas Blitzendes. Ich beugte mich vor und spähte vorsichtig durch das Buschwerk. Da sah ich zwei ganz kleine Männlein mit langen grauen Bärten und grauen Gewändern, welche viel blitzendes Goldgeschirr und funkelndes Edelgestein in der Sonne ausbreiteten. Ein dritter, dessen weißer Bart bis auf die Erde niederging, hatte einen feinen Goldreif auf dem Haupte und stand daneben und sah zu. Dann kamen aus einer kleinen Höhle, die unter dem Buschwerk verborgen war, noch mehr dergleichen kleine Zwerge hervor, welche in ihren Armen güldene Becher, Gefäße und Edelsteine getragen brachten und sie zu den übrigen legten. Endlich schleppte der letzte eine mit vielen funkelnden Steinen besetzte Krone herbei, die er mit beiden Armen umspannt hielt, und dann machten sie sich Alle daran, diese Dinge recht schön auf dem Platze zu ordnen, daß sie in der Sonne wie Feuer blitzten und funkelten. Ich mochte, als ich mich vorbog um besser sehen zu können, wohl ein Geräusch gemacht haben, denn mit einem Male sahen sie Alle von ihrer Arbeit mit zornigen Gesichtern zu mir auf und Einer rief: »Er sieht uns, er ist ein Sonntagskind!«

»Er muß sterben!« rief ein Anderer.

Mit einem Male, ehe ich mich recht besinnen konnte, waren die kleinen Männer um mich herum, und im Nu waren meine Füße mit feinen goldenen Ketten so fest an die Baumwurzeln geschnürt, daß ich sie nicht im Geringsten bewegen konnte.

»Was wollt ihr von mir?!« rief ich, »ich habe euch nichts gethan!«

»Du wirst uns verrathen!« sagte der mit dem goldenen Reif um die Stirn, der ihr König war, du wirst es den großen plumpen Menschen im Dorf erzählen und sie werden kommen und mit ihren Schaufeln unsern Berg umwühlen, in dem wir Jahrtausende gewohnt haben!«

»Wir wollen ihn todtstechen!« rief Einer.

»Er soll den Giftpilz schlucken!« schrie ein Anderer.

Ich begann mich sehr zu fürchten, denn die kleinen Männer machten grimmige Gesichter, und Einzelne drohten mir mit spitzen Schwertern, welche sie schnell aus der Höhle geholt hatten.

»Ich werde euch ganz gewiß nicht verrathen, ihr kleinen Zwerge!« rief ich, »gebt mich frei, ihr sollt es niemals bereuen!«

Der Zwergenkönig strich sich nachdenklich seinen weißen Bart, dann winkte er den Anderen, und nun standen sie alle, steckten die Köpfe zusammen und wisperten unter einander. Zuweilen sahen sie nach mir hin, und endlich hob der König zwei Finger auf und sprach etwas, wozu sie alle mit den Köpfen nickten. Dann gingen sie wieder auseinander. Der König trat vor mich hin und sprach:

»Du hast uns nicht absichtlich belauscht und wenn du von unseren Heimlichkeiten gesehen hast, so ist es unsere Schuld, da wir uns hätten zuvor überzeugen sollen, ob du nicht ein Sonntagskind seiest. Auch sagte Knisterknick mir, daß er dich schon oft heimlich beobachtet habe, und er glaubt, daß man dir vertrauen könne. Aber du mußt einen feierlichen Schwur thun, daß du niemals von dem sprechen wirst, was du bei uns gesehen hast oder sehen wirst.«

Ich versprach es, und nachdem ich den Schwur geleistet hatte, banden mich die Zwerge los, und nun durfte ich noch dortbleiben und ihnen zusehen. Der König setzte sich neben mich auf eine vorragende Baumwurzel und sprach: »Jedesmal im Sommer, wenn das Getreide reif wird und es hier recht einsam ist, da bringen wir unsere Kostbarkeiten und Juwelen in die Sonne, um uns einmal recht an ihrem Glanze zu freuen.« Unterdessen waren die andern Zwerge eifrig beschäftigt, mit feinen Läppchen die Becher, Gefäße und Edelsteine zu putzen, daß sie noch viel feuriger blitzten als zuvor. Ich fragte: »Wohnt ihr schon lange in diesem Hügel?« »Ihr Menschen, die ihr alle fünfzig Jahre neu seid, mögt es wohl lange nennen,« sagte er. Ich sagte ihm, daß die Leute diesen Hügel für ein Hünengrab hielten. »Die Leute sind dumm,« sagte er, »als wir von Asien kamen und in diesen Hügel einzogen, da hatte sich das große Wasser hier eben verlaufen und es gab noch gar keine Menschen in der Welt.« Unterdeß waren die Zwerge fertig geworden und fingen an, Alles wieder in den Hügel zu tragen. Der Königstand auf, hob die Hand auf und sprach: »Denk' an den Schwur!« Ehe er hinein ging, drehte er sich noch einmal um und sagte: »Wenn du willst, kannst du uns des Sonnabends um diese Zeit manchmal besuchen. Hast du einmal ein dringendes Anliegen an uns, so poche dreimal an diesen Stein, der gewöhnlich vor unserer Thüre liegt, und es wird Jemand kommen, der nach deinem Begehr fragt. Aber hüte dich, daß es nichts Thörichtes ist, was du verlangst.«

Ich sah die kleinen Zwerge noch oft wieder, denn ich konnte kaum den Sonnabendnachmittag erwarten, um sie aufzusuchen. Ich sah dann ihren Spielen zu oder ließ mir Geschichten von ihnen erzählen. Bald kannte ich sie alle bei Namen. Da war Hackebock der Starke, der konnte mit einer Hand den Stein von der Zwergenhöhle wälzen. Knisterknick war der Pfiffigste von ihnen und konnte so schnell und behend in den Büschen klettern wie ein Eichhörnchen. Wurzelbold war der kleinste und unbeholfenste, aber er konnte sehr drollig Kobold schießen, und Trippelfix tanzte den Zwergentanz so schön wie kein Anderer. Alle konnten aber wunderherrliche zierliche Arbeiten ans Gold, Elfenbein und Edelsteinen verfertigen und aus Holz künstliche und seltsame Dinge schnitzen. Spinnefein ver-

mochte die feinsten goldenen Fäden zu spinnen, und Schiffchentritt
webte aus Gold und Seide die herrlichsten Gewänder. Am liebsten
waren mir aber Murmelmund und Simmserich. Murmelmund wußte viele tausend Geschichten zu erzählen. Er saß oft stundenlang auf
meinem Knie, strich sich den langen Bart und erzählte von Elfen,
Riesen, Drachen und Kobolden. Simmserich hatte eine Harfe, sehr
fein aus Gold und Elfenbein gearbeitet, darauf waren als Saiten
Sirenenhaare gespannt. Wenn er darauf spielte, so erklang es gar
fein und lieblich und er sang viele alte Zwergenlieder; die waren
nun zwar in der Zwergensprache, und ich verstand sie gar nicht,
allein sie gefielen mir doch sehr. Der König Raschelbart war aber
niemals dabei; der saß immer in seiner Höhle, denn er konnte die
Außenluft nicht recht leiden.

So kam der Herbst heran. Eines Abends saß ich zu Hause hinter
dem Ofen und dachte an die Geschichten, welche mir Murmelmund
erzählt hatte. Der Vater unterhielt sich mit einem fremden Manne,
der zu Besuch bei uns war. Der war ein Alterthumsforscher und
suchte alte Knochen, alte Töpfe und alte Geräthe von alten Völker-
schaften, die längst todt waren. Ich achtete Anfangs nicht darauf,
aber bald wurde ich aufmerksam, denn sie sprachen von dem Hünengrab. »Sie geben mir also die Erlaubniß, den alten Hügel aufgra-
ben zu lassen und nach allen Richtungen zu untersuchen?« sprach
der fremde Mann. Mein Vater antwortete: »Es wäre mir lieb, wenn
Sie die alte Eiche schonten, welche darauf steht; wenn jedoch Ihre
Forschungen es erfordern, so mag auch sie fallen.«

Ich bekam einen heftigen Schreck und ohne mich zu besinnen,
was ich that, fuhr ich hinter dem Ofen hervor und rief: »Es ist ja gar
kein Hünengrab, Vater; der Hügel war ja schon da, als es noch gar
keine Menschen gab!« »Junge, was verstehst du davon,« sagte mein
Vater, und der Altertumsforscher sah mich durch seine großen Bril-
lengläser an und lachte. Ich bat meinen Vater nun, er solle doch den
Hügel stehen lassen, ich konnte ihm aber nicht sagen warum, und
endlich ward er böse und schickte mich hinaus. Ich lief sofort durch
den Garten auf das Feld. Es war eine klare Herbstnacht, und der
Mond schien hell auf meinen Weg. Als ich auf dem Hügel angelangt war, klopfte ich dreimal an den Stein. Nach einiger Zeit kam
Hackebock mit einer, kleinen Laterne in der Hand heraus und fragte, was ich wolle. Ich erzählte ihm Alles, was ich gehört hatte, und

er erschrak so, daß ihm die Laterne aus der Hand fiel und ausging. Dann lief er schnell zurück, und alsbald entstand ein Lamentiren und Wehklagen im Innern des Hügels, und dann kam König Raschelbart selber und hinter ihm die übrigen Zwerge. Ich mußte nun Alles noch einmal erzählen, und sie standen alle um mich herum und machten traurige Gesichter.

»Ich dachte mir, daß es einmal so kommen würde,« sagte König Raschelbart, »lasset uns gleich in dieser Nacht fortziehen zu König Bodeneck im Harz, der wird uns freundlich aufnehmen.«

Die Zwerge gingen alle betrübt in den Berg zurück und kamen nach einer Weile mit vielen Säcken, welche ihre Kostbarkeiten enthielten, zurück. Sie reichten mir alle ihre kleinen Hände und nahmen Abschied von mir. Einige schluchzten laut und riefen: »O unser lieber Hügel, wo wir so viele tausend Jahre gewohnt haben!« Dann zündeten sie Fackeln an und zogen den Berg hinab. Voran ging Raschelbart mit seinem weißen Elfenbeinstab in der Hand, dann kamen, schwer beladen mit ihren Säcken, Hackebock, Murmelmund, Simmserich, Knisterknick und alle die Andern, zuletzt keuchte Wurzelbold hintennach, und dann zogen sie hinaus in die Nacht. Eine Zeit lang hörte ich noch ihr Klagen und Lamentiren und sah den kleinen Zug von Zeit zu Zeit hinter Büschen verschwinden und dann wieder auftauchen, dann hörte ich nichts mehr, und sah nur die Fackeln zuweilen aufleuchten. Zuletzt sah ich den Zug fern wie eine leuchtende Raupe über den Berg kriechen – und dann nichts mehr.

Am anderen Tage kam der Alterthumsforscher mit vielen Arbeitern und ließ den ganzen Hügel umgraben. Er fand aber nichts als eine alte Bierflasche, welche die Feldarbeiter dort einmal vergessen hatten.

Die kleinen Zwerge aber waren fort und kamen niemals wieder.

Die kleine Marie

Es war einmal ein kleines Mädchen, das hieß Marie. Vater und Mutter waren gestorben und ein böser alter Mann hatte sie mit sich genommen, der sagte, er sei ihr Onkel. Mit dem wohnte sie in einem großen wilden Walde. Wenn der Mann von der Jagd nach Hause kam, und Marie hatte nicht alles blitzblank geputzt und das Essen gekocht und die Kuh gemolken, dann schalt er sie, schlug sie und gab ihr trocknes Brot zu essen.

Die kleine Marie arbeitete den ganzen Tag, aber sie war noch so schwach und klein, sie konnte es nicht besser machen. Die alte Kuh mit der schönen weißen Blesse war ihre einzige Freundin. Mit der sprach sie und streichelte sie und klagte ihr alles Leid, aber helfen konnte die auch nicht. Eines Abends hatte der Mann sie wieder geschlagen und sie hungrig zu Bette geschickt. Da lag sie in ihrem kleinen Kämmerlein und weinte. Der Mond aber sah durchs Fenster, streichelte sie mit seinen langen Strahlen und schien auf ihre Bettdecke.

»Ach du guter Mond,« sagte die kleine Marie, »hilf mir doch!«

Der gute alte Mond verzog keine Miene, aber er glitt von Mariens Angesicht herunter und ließ einen hellen Schein auf ihre Bettdecke fallen. Marie erschrak fast, denn dort saß eine schneeweiße Maus und nickte ihr zu.

Sie fürchtete sich aber nicht vor den kleinen Mäusen, wie wohl andere Mädchen thun, denn wenn der Mann fort war, waren es ihre einzigen Gespielen, und manches Brosämlein hatte sie ihnen hingestreut.

Das Mäuschen sprach mit quikender Stimme aber ganz deutlich: »Komm mit mir, du kleine Marie, wir Mäuse haben beschlossen dir zu helfen; ich will dich hinausbringen in den schönen lustigen Wald, dort sollst du wohnen bei den kleinen Zwergen.«

»Wie soll ich mit dir kommen,« sagte Marie, »die Thür ist verschlossen, die Fenster sind vergittert, und draußen liegt der böse Hund, der mich nicht hinauslassen darf.«

»Wir gehen durch unsere Wohnung,« antwortete die Maus, – »wir haben draußen auch eine Hausthür.«

»Ach Gott,« meinte Marie, – »durchs Mauseloch? Da muß ich mich ja so dünn machen wie eine Wurst!«

Das Mäuschen pfiff hell; da kam eine kohlschwarze Maus auf das Bett gesprungen, die trug eine schwarze Wurzel im Munde, welche sie vor Marie niederlegte.

»Da, iß,« sagte die weiße Maus, »dann wirst du so klein wie das kleinste Zwerglein.«

»Thut's auch weh?« meinte Marie.

»Nein, aber es schmeckt schlecht,« sagte die Maus.

»Äärks,« machte das kleine Mädchen; die Wurzel schmeckte herbe und sauer wie ein unreifer Holzapfel und zog ihr den Mund zusammen. Da war ihr mit einem Male, als schwebe sie in der Luft, es summte und sauste ihr vor den Ohren, und die ganze Stube schien sich herum zu drehen. Dann gab es einen Ruck und dann lag sie da im Bett so nett und niedlich wie ein Wachspüppchen.

»Du Maus, wo bist du geblieben,« sagte sie, »und was ist das für ein Berg, der auf mir liegt?«

Die Maus sah von oben auf sie herab und piepte vor Vergnügen, als sie die kleine Puppe erblickte.

»Hier bin ich,« sagte sie, »und der Berg ist deine Bettdecke, nun komm, wir wollen nun fort.«

»Ach Maus, ich kann nicht hinunterkommen!« rief die kleine Marie, als sie vom Rande des Bettes in die Tiefe sah.

»Das ist schlimm, daran habe ich nicht gedacht,« meinte diese.

Doch glücklicherweise hing ein Handtuch dicht am Bettpfosten, welches bis auf die Erde hinunter reichte. Die weiße Maus erfaßte Mariechens Kleider mit den Zähnen und kletterte mit ihr hinunter.

»Ach, da ist's aber dunkel!« rief Marie, »habt ihr kein Licht hier?«

»Nur Geduld, Marie, fasse mich an den Schwanz und gehe muthig vorwärts!«

Eine ganze Strecke ging es den dunklen Gang hinunter. Es roch gar nicht angenehm darin, nach Speckschwarten und altem Käse – das war Mäuseparfum.

Jetzt ward es etwas heller; ein Mondstrahl fiel durch eine Mauerritze und erhellte einen ziemlich großen Raum, wie es der kleinen Marie erschien; er war aber nur so groß wie eine Schachtel.

»Das ist der Familiensaal,« sagte die weiße Maus, »hier mußt du bei uns bleiben, kleine Marie, bis es hell wird, sonst findest du nicht den Weg durch den Wald.« Da war ein Rascheln und Ruscheln in den Gängen und ein Gepiepe und Gekrabbel, daß Marie ganz ängstlich ward.»Fürchte dich nicht,« sagte die Maus, »es geht heute hier etwas wild her, denn wir werden diese Nacht einen Ball haben, dazu muß alles in Ordnung gebracht werden; es macht viel Arbeit. Einstweilen komm nur mit, ich werde dir die Kinderstube zeigen.«

Da war aber ein Gewühl und Gezwitscher. Es waren kleine Mäuse dort, welche schon laufen und springen konnten, und auch ganz kleine nackte. Die lagen in einem Neste und sahen eigentlich überaus häßlich aus, aber sie waren doch so niedlich. Diejenigen aber, welche schon laufen konnten, zupften Marie am Kleide und quikten. Sie wollten Zucker haben, aber die weiße Maus schalt: »Seid artig, sonst kommt die schwarze Katze!« Da fürchteten sie sich und waren artig.

Als sie wieder in den Gesellschaftssaal zurückkehrten, wurden große Vorbereitungen gemacht. Einige Mäuse leckten die Wände ab, daß sie glänzten, und der Fußboden ward mit Talg gebohnt. Von draußen kamen Waldmäuse zum Besuch, die hatten braunrothe Kleider an und weiße Westen. Eine von ihnen brachte eine hohle Walnuß gerollt, daraus schüttete sie eine Menge Leuchtwürmer.

»Ei, die glänzen,« sagte die kleine Marie, Diese wurden allenthalben als Lichter auf die Vorsprünge gesetzt und in der Mitte hatten die Mäuse an der Decke ein Paar Kornähren befestigt, auf die wurden auch Leuchtwürmer gesetzt.

»Ein guter Kronleuchter,« sagte die weiße Maus, »wenn man ihn genug gebraucht hat, kann man ihn essen.«

»Schmeckt Korn gut?« fragte Marie. »Talglicht esse ich lieber,« antwortete die Maus, »aber das sind Geschmackssachen. Hier sollst du sitzen, kleine Marie, auf dieser halben Nußschale, – nun geht's gleich los.«

Der ganze Raum war nun festlich erleuchtet, zwar nicht recht hell, aber man konnte doch sehen, und Mäuslein haben scharfe Augen. Oben in der Wand war eine Vertiefung, da saß die Musikmaus.

»Wir haben eine Musikmaus im Walde, die wird Musik machen,« sagte die weiße Maus, »Sie bekommt zwanzig Pfoten voll Talg und vier Walnüsse, billiger thut sie's nicht.«

»Du bist wohl hier Obermaus?« fragte dir kleine Marie.

»Ja, diese wählt man immer aus dem Geschlecht der weißen Mäuse; man sagt, wir seien klüger, als die grauen.«

Nun waren alle Mäuse bereit, und die Musikmaus fing an zu singen, beinahe wie ein Vogel zwitschert. Da huschten die Mäuse hin und her, durcheinander und übereinander, es war ein sonderbarer Tanz. »Die singt aber schön,« sagte Marie.

»Ja, sie kann gut quiken,« meinte die weiße Maus.

Nun huschten die Mäuse bald an den Wänden herum, bald drängten sie sich zur Mitte in dichtem Knäuel, bald sprangen sie gegeneinander an, als wollten sie sich beißen, aber sie thaten nur so. Dazwischen tönte immer das Zwitschern der Musikmaus und als Marie hinhorchte verstand sie den Gesang:

> Rischel, raschel, Mäuslein klein
> Schlüpfen aus und schlüpfen ein,
> Huschen hin und huschen her,
> Lang und breit und kreuz und quer.
> Kribbel, krabbel, in den Ecken
> Weiß sich Mäuslein zu verstecken.
> Mäuslein kriecht in Strauch und Busch,
> Rischel, raschel, husch, husch, husch! – quik!
>
> Mäuslein huscht mit leisem Tritt,
> Katze schleicht mit sanftem Schritt,

Mäuslein, Mäuslein, habe Acht!
Wenn die böse Katze wacht.
Katze springt mit schnellem Satz ...
Pfeift die Maus, hat sie die Katz' – quik! –
Husch!

Husch! waren alle Mäuse in den Löchern verschwunden, als wenn wirklich eine Katze gekommen wäre. Bald aber kamen sie alle hervor und dann begann der Tanz von Neuem.

Das kam der kleinen Marie sehr lustig vor. Sie sang immer mit und wenn das »Husch« kam, klatschte sie vor Vergnügen in die kleinen Hände.

Jetzt wurden die Mäuse hungrig vom vielen Tanzen, es ward ein vortreffliches Nachtessen aufgetragen: Speckschwarten mit altem Käse, und als Dessert Walnüsse und Talg. Die kleine Marie bekam auch eine halbe Walnuß, davon aß sie etwas und steckte das Uebrige als Reisekost in die Tasche.

Das Essen war verzehrt und die fremden Mäuse machten sich auf den Weg nach Hause. Da sprach die weiße Maus:

»Jetzt, kleine Marie, wird es draußen Tag, nun müssen wir gehen. Ich werde dich selbst begleiten und dich zu den guten kleinen Zwergen führen, welche tief im Walde am Zwergensee wohnen, dort bist du sicher.«

»Muß ich nun immer so ganz piepsig klein bleiben?« fragte die kleine Marie. »Nein,« sagte die Maus, »die Zwerge kennen die Wurzel, welche dich wieder groß macht.«

Nun gingen sie durch einen langen dunklen Gang, welcher in einen Holzhaufen auslief, der schon im Walde stand.

Die Sonne war aufgegangen und glitzerte in den Thautropfen an den Grashalmen, durch welche Marie mit der Maus dahinschlich, leise, damit der böse Hund nichts merken sollte. Nachher kamen sie an einen alten Holzweg, da kletterten sie in das Geleise hinunter und liefen darin entlang, bis sie an den Bach kamen, der sich durch den Wald zog.

»Hier müssen wir weiter hinunter gehen, sagte die weiße Maus, dort ist ein Baum über den Bach gefallen, da können wir hinüber kommen.

Als sie eine kleine Weile neben dem Bach gegangen waren, hörten sie plötzlich Hundegebell hinter sich.

»Ach Gott,« rief die kleine Marie, »nun hat der Mann gemerkt, daß ich fort bin, und schickt den bösen Hund hinter uns her!«

Da hörten sie schon den Hund ganz dicht hinter sich durch die Büsche brechen.

»Verstecke dich, Marie!« rief die weiße Maus, »ich kann dir auch nicht helfen!« und – husch war sie verschwunden.

Marie lief durch das hohe Gras, schon hörte sie den Hund hinter sich schnuppern, da verlor sie mit einem Male den Boden unter den Füßen und stürzte das hohe Bachufer hinab.

Der Hund schnupperte umher, denn er hatte die Spur verloren und heulte kläglich. Dann kam der Mann dazu, fluchte und prügelte ihn und ging mit ihm fort. Bald war Alles wieder ganz still. Die Maus kam aus ihrem Schlupfwinkel hervor und rief: »Marie, Marie!« aber niemand antwortete ihr. »Sie ist in den Bach gefallen und ertrunken,« dachte sie und ging traurig zurück.

Die kleine Marie aber lag wohlbehalten in einer weißen Wasserrose, denn in eine solche war sie gefallen. Sie war nur betäubt von der Angst und dem Fall, so daß sie nichts weiter mehr gehört hatte.

Als sie wieder zu sich kam, sah sie sich verwundert um, denn sie glaubte in einem goldenen Bette mit weißen Wänden zu liegen und über sich sah sie vom Bachufer bunte Blumen und Gras nicken. Sie richtete sich vorsichtig auf, denn die Wasserrose schwankte, wenn sie sich bewegte, und sah über den Blumenrand hinaus. Aber das war Wasser ringsum und hohe Ufer. Nahe bei schwammen noch andere Wasserrosen mit breiten grünglänzenden Blättern und große schlanke Libellen tanzten in der Luft. Mit einem Male aber duckte sie sich erschrocken hinter die Blumenblätter, denn dort auf einem breiten Blatte saß ein entsetzlich großer Frosch und starrte sie mit seinen blanken Augen an. Aber er hatte sie doch gesehen und – plump – sprang er ins Wasser und schwamm auf sie zu. »Koarx,

koarx!« sagte er, »was ist das? was ist das? 'mal sehn, 'mal sehn!« Die Wasserrose schwankte schon wie das dicke Thier heran kam und mit seinen Vorderbeinen daran herumtappte. Marie hatte sich vor Angst ganz zusammengekauert, da hörte sie ein Schwirren über sich, und ein wisperndes Stimmchen rief: »Steig' auf, steig' auf, kleines Mädchen, steig' auf, schnell, schnell!«

Eine große Libelle saß auf dem Rande der Wasserrose und zitterte mit den durchsichtigen Flügeln. Marie kletterte schnell auf ihren Rücken und surr ging's in die Luft. Plump! – sprang der dicke Frosch aus dem Wasser in die Höhe, riß sein rothes Maul auf und reckte seine dicke Zunge heraus, aber er konnte sie nicht erreichen.

»Koarx, koarx!« sagte er, »Dummheiten, Dummheiten!« und damit stieg er wieder auf sein Blatt.

Das ging prächtig schnell durch die Luft dahin, und so sicher und ruhig, daß Marie sich gar nicht fürchtete.

»Libelle, wohin fliegen wir?« fragte sie.

»Zur Insel,« sagte sie, »die hat steile Ufer, da kann kein Frosch hinauf kommen.« Mitten im Bach lag ein Felsblock mit steilen abschüssigen Seiten. Er war nicht größer als ein Tisch und mit Moos und Blumen, Erdbeeren und Heidelbeerstrauch bewachsen. Auch ein Busch Farrenkraut neigte sich über das Wasser hin und in der Mitte auf der höchsten Stelle stand sogar eine ganz kleine Fichte, so niedlich wie ein Weihnachtsbaum für Puppen. Dahin brachte die Libelle die kleine Marie und sagte: »Kleines Mädchen, hier kannst du wohnen, baue dir ein Hüttlein unter dem Baum.«

»Ich danke dir, du gute Libelle,« sagte Marie. Aber die surrte schon wieder hoch in der Luft und tanzte über den glänzenden Blättern der Buchen.

Da blieb die kleine Marie den ganzen Sommer lang. Sie baute sich ein kleines Hüttchen aus Moos, Gras und Spinnenfäden mit einem dichten Dach, daß der Regen nicht durchdringen konnte und spielte mit den Schmetterlingen, welche zum Besuch kamen und mit den kleinen Käfern, welche im Moose saßen. Wenn sie hungrig war, pflückte sie eine Erdbeere, daran hatte sie einen ganzen Tag genug, und durstete sie, ließ sie eine Glockenblume an einem Spinnenfaden in den Bach hinab und holte sich ein Tröpfchen Wasser herauf.

Die Thiere liebten die kleine Marie alle und thaten ihr zu Liebe, was sie konnten. Sie brauchte nur ein Blumenblättchen vor ihre Hausthür zu legen, dann legte die erste Biene, welche vorbeikam, ein Tröpfchen Honig darauf. Auf den Libellen ritt sie aus, über die grünen Zweige dahin im Sonnenschein. Ja, einmal hatte eine große starke Libelle sie hoch empor getragen über die Wipfel der Bäume. Da hatte sie weit hinausgesehen, Wipfel an Wipfel, und nirgends ein Ende, wie ein großes grünes Meer. Der dicke Frosch war den Bach hinunter geschwommen und wohnte jetzt auf einem Blatt in der Nähe; zuweilen kam er angerudert, steckte seinen flachen Kopf mit dem breiten Maule aus dem Wasser und glotzte sie an und quakte recht von Grund aus: »Koarx, koarx!« Und so glotzte er und quakte abwechselnd bis es ihm langweilig ward, und er wieder auf sein Blatt zurückschwamm. Dann bildete er sich ein, er hätte ihr was vorgesungen. Einmal warf sie ihm eine Erdbeere hinab. Er schwamm ihr nach und stieß mit dem Maule daran. »Koarx, koarx!« sagte er »Dummheiten!« und ließ sie schwimmen. Nun ward es hoher Sommer, die Erdbeeren waren aufgezehrt, aber die Heidelbeeren saßen dunkelblau an ihren kleinen Bäumchen und Marie bekam einen ganz blauen Mund von dem Heidelbeersaft.

Ihre Kleider waren schadhaft geworden, und sie saß unter der Farrenkrautlaube über dem Wasser und machte sich neue aus Blumenblättern, Eine getrocknete Glockenblume gab einen hübschen blauen Rock. Sie nähte mit einem Wespenstachel und Spinnenfäden und besetzte ihre Kleider mit Fliegenflügeln und bunten Schilddecken von ganz kleinen Käfern, welche sie todt auf der Insel gefunden hatte. Als Mütze trug sie eine kleine rothe Blüthe auf dem Kopfe.

Nun kam der Herbst heran, und es ward schon kalt des Nachts. Bei Tage aber war der Himmel blau und die Sonne schien warm, und in der Luft flogen weiße Spinnenfäden. Einmal in der Nacht, als der Mond hell schien, erwachte sie in ihrem Bettchen von Blumenwolle von anmuthigem Singen und Gelächter lieblicher Stimmen. Sie schaute aus dem Thürchen, da wimmelte die ganze Insel von zierlichen Gestalten, nicht größer als Marie, aber so leicht und luftig wie ein Hauch. Sie tanzten Ringelreihen, und fortwährend kamen noch mehr durch die Luft auf Sommermetten angefahren. Darauf saßen sie dichtgedrängt in langen Reihen, das sah Marie ganz deutlich im Mondschein. Plötzlich erblickten die kleinen Gestalten Marie und umringten sie.

»Wer bist du?« riefen sie. »Bist du ein Zwerg?« »Nein, nein, das ist ein Menschlein, ein ganz kleines Menschlein!« riefen andere.

Dann kam ein wunderschönes Fräulein, das war gewiß die Königin, denn sie trug einen feinen Goldreif im Haar, und die anderen machten ihr alle ehrerbietig Platz.

»Wie kamst du hierher, kleines Menschenkind?« fragte sie.

Marie erzählte ihre Geschichte.

»Willst du mit uns kommen?« sprach das Fräulein, »wir sind Elfen und reisen nach den warmen Ländern.«

»Ach ja,« sagte Marie, »denn wenn erst Schnee fällt, dann frieren mir hier die Beine ab, und ich habe auch nichts zu essen.«

Die ganze Nacht tanzten die Elfen auf der Insel im Mondschein und Marie sah ihnen zu. Am Morgen aber setzten sie sich auf ihre Spinnenfäden, nahmen Marie zwischen sich und flogen mit ihr im Morgenwind davon.

Der grüne Frosch hatte Alles mit offenem Maule angesehen. Ganz verwundert schwamm er anfangs hinterher. Dann ließ er sich mit gestreckten Beinen treiben und glotzte den Sommermetten solange nach, als er sie sehen konnte. Sie verschwanden bald in der blauen Luft, und nachdenklich schwamm er wieder auf sein Blatt zurück.

»Koarx, koarx! Dummheiten! Dummheiten!« sagte er und verachtete die Elfen unbeschreiblich. Den ganzen Tag flogen sie im Sonnenschein über die Wipfel der Bäume dahin.

»Wir fahren zum See,« sagten die Elfen, »dort im Schilf übernachten die Schwalben, die nehmen uns mit in die warmen Länder.« Gegen Abend glänzte das Wasser durch die Baumwipfel. Viele tausend Sommermetten, mit Elfen dicht besetzt, kamen geflogen. Diese sammelten sich alle in einer mächtigen Eiche, welche am Seeufer zwischen den mit Moos bewachsenen Steinen stand; die Sommermetten ließen sie weiter fliegen in die weite Welt. Als die Sonne unterging kamen die Schwalben angesaust wie eine schwarze Wolke und warfen sich zwitschernd und lärmend in das hohe Uferschilf. Viele Elfen flogen zu ihnen hinunter und flatterten mit ihnen im Schilf herum oder verkrochen sich in ihre warmen Federn, denn es war kühl in der Nacht und windig. Marie aber blieb bei den anderen im Baume. Die Elfen hatten sie in ein kleines Astloch gebracht, da schlief sie in einem verlassenen Vogelnest, denn sie war müde. In der Nacht aber erhob sich ein gewaltiger Sturm und Regen und die kleinen frierenden Elfen flüchteten sich ins Schilf zu den Schwalben und Niemand dachte an die kleine Marie. Am Morgen aber in der Frühe flogen sie alle davon über das Meer in die warmen Länder.

Die kleine Marie erwachte von dem Gekrächze eines Raben, welcher über ihr im Baume sein hungriges Morgenlied sang, und rieb sich verwundert die Augen. Sie kletterte mühsam aus dem engen Astloch in die Höhe und schaute sich um. Da saß sie hoch in der alten Eiche, und ringsum war Alles einsam und stille, nur der alte Rabe auf dem Aste krächzte beweglich und melancholisch, denn er hatte noch kein Frühstück gegessen und ihn hungerte sehr. Plötzlich erblickte er die kleine Marie und verstummte. Er neigte den Kopf auf die Seite und betrachtete sie nachdenklich mit dem rechten Auge, dann neigte er ihn auf die andere Seite und betrachtete sie lüstern mit dem linken Auge, denn es schien ihm, das kleine Geschöpf müsse einen vortrefflichen Morgenimbiß abgeben. Plötzlich schwang er sich von seinem Ast und fuhr mit aufgesperrtem Schnabel auf die kleine Marie los, welche vor Schreck in das Astloch zurückpurzelte. Es war nur gut, daß es so eng war, sonst hätte der alte Rabe sie gewiß mit seinem Schnabel herausgeholt. Nun aber flog er ärgerlich und hungrig fort über den See, und lange noch hörte die zitternde Marie sein heiseres dumpfes Krächzen.

Als sie sich von ihrem Schrecken wieder erholt hatte, sah sie von der anderen Seite einen Lichtschein in das Astloch fallen. Die alte Eiche war hohl, und als Marie vorsichtig weiter kletterte, sah sie bald tief in die dunkle Höhlung hinab und über sich den Himmel durch das Loch hineinglänzen. Da saß sie traurig den ganzen Tag, denn sie traute sich nicht wieder hervor ans Angst vor dem Raben. Eine Heidelbeere hatte sie noch in der Tasche, die aß sie und gegen Abend schlief sie ein. Als es dunkel ward, wachte sie wieder auf und fürchtete sich sehr, denn das faule Holz leuchtete im Dunkeln, und über ihr in der Höhlung saß eine große Eule, die schrie: »Schuhu, schuhu!« Bald aber flog sie leise weg und ging auf Mäusejagd.

Es war schon ganz dunkel geworden, da hörte die kleine Marie unten in der Eiche feine Stimmen sprechen, und an den Wänden flackerte ein Lichtschein. Sie schaute über den Rand hinab, da sah sie unten in der hohlen Eiche kleine Männlein, mit grauen und braunen Kleidern angethan, umherlaufen und sich mit kleinen Säcken schleppen. Einige standen dabei und leuchteten mit Fackeln.

»Ach, das sind gewiß die kleinen Zwerge,« dachte sie, »die sind gut, die werden mir helfen.«

Sie rief hinunter: »Zwerglein, Zwerglein, helft mir doch, ich sitze hier oben im Astloch!« Ganz verwundert hoben die kleinen Männlein ihre Gesichter und schauten hinauf. Einer von ihnen aber sprach: »Wer bist du?« »Ich bin die kleine Marie. Die Elfen wollten mich mit in die warmen Länder nehmen, und haben mich hier sitzen lassen.«

»Ja,« sagte der Zwerg, »das sind Windbeutel, auf die kann man sich nicht verlassen; nun warte nur, wir kommen gleich.« Bald brachten die Zwerge kleine Leitern getragen mit scharfen Haken daran, die schlugen sie, eine immer über die andere in den Baum und kletterten immer höher damit, bis sie endlich die kleine Marie erreichten. Der Stärkste nahm sie auf den Arm und stieg vorsichtig mit ihr hinunter. »Du bist kein Zwerg,« sagte er unten zu ihr, »Du bist ein Menschenkind, das fühle ich an deinem warmen Leben. Wie bist du so klein geworden?«

Marie mußte nun ihre Geschichte erzählen, und die Zwerge saßen mit aufgestützten Gesichtern auf ihren Säcken und hörten zu. »Arme kleine Marie,« sagte der eine, der sie getragen hatte, »wir wollen dich hier behalten in unserer warmen Höhle, daß du nicht frierst im Winter.«

Unter einer knorrigen Baumwurzel hielt ein Wagen mit sechs Mäusen bespannt. Die Zwerge luden ihre Säcke auf, setzten die kleine Marie oben drauf und gingen dann neben dem Wagen her, welcher in eine schmale und niedrige Felsenhöhle einfuhr, die sich tief ins Gestein hineinzog. Da blitzte in Fackelschein allerlei buntes Edelgestein in den Felsen, schimmernde Goldadern zogen sich durch die Steine und von den Wänden rann das Wasser in klaren Tropfen. Zuletzt kamen sie in eine warme trockene Höhle, die war hell erleuchtet. Die Zwerge luden die Säcke ab und schütteten Nüsse und Bucheckern, welche darin waren, in Vertiefungen, welche in der Wand angebracht waren; dabei waren sie sehr geschäftig. In einiger Höhe über dem Fußboden, so daß man mit einer kleinen Leiter hinaufsteigen mußte, waren kleine Nischen in den Felsen eingehauen mit einer warmen Streu aus Moos und Blumenwolle angefüllt und einer Bettdecke aus Mausefell darüber; darin schliefen die Zwerge des Nachts. Die kleine Marie mußte sich auf ein Stühlchen setzen und sah den Zwergen zu, wie sie Nüsse auspackten.

»Die wollt ihr wohl alle zu Weihnachten aufheben?« fragte sie.

»Nein,« sagten sie, »die essen wir im Winter, wenn Alles verschneit ist und wir nicht auf die Jagd gehen und keine Fische fangen können.«

Bei den Zwergen blieb Marie lange Zeit, Winter und Sommer. Sie lebte ganz vergnügt und lustig dort, spielte mit Gold und Edelsteinen und half den Zwergen bei ihrer Arbeit. Sie kletterte auch mit ihnen in den Felsen herum und fuhr mit ihnen in einem kleinen Schifflein auf dem See spazieren, wenn es ruhiges Wetter war. Im Winter fuhren sie in Schlitten mit Mäusen bespannt, oder die Zwerge liefen Schlittschuh in der Seebucht und schoben sie in einem kleinen Schlitten, der aus einer halben Walnuß gemacht war, über das Eis dahin.

Eines Tages im Frühling, es war gerade an Mariens sechszehnten Geburtstag, führten die Zwerge sie an einen Platz am Seeufer, wo große Felsblöcke im hohen Grase lagen. Dazwischen blühten kleine rothe Blumen von seltsam betäubendem Duft. Der Oberzwerg riß eine von den Blumen aus und reichte Marie die Wurzel derselben.

»Da, iß!« sagte er.

Marie steckte die Wurzel in den Mund und sprach: »Wie süß schmeckt die!« Dann aber wurde ihr mit einem Male schwindlig, die Sinne vergingen ihr und sie sank zu Boden. Als sie wieder zu sich kam, lag sie groß und erwachsen im Grase, und auf einem Fichtenzweige, welcher über sie hinragte, saßen die kleinen Zwerge bei einander und betrachteten sie.

»Ach, Ihr kleinen Zwerge,« sagte sie, »was soll ich nun machen? Nun kann ich nimmer in Eure Höhle hinein und nicht mehr in meinem kleinen Bettlein schlafen.«

Der Oberzwerg aber antwortete: »Es ist zu deinem Besten, Marie,
warte nur geduldig; nun wirst du uns bald verlassen, und Du wirst
es gerne thun.«

Die Zwerge zeigten ihr eine Höhle, darin wohnte sie. Marie war
wunderschön geworden. Sie schritt leicht einher wie ein Reh, und
ihre langen goldenen Haare fielen bis über den Gürtel hinab. Die
Zwerge schenkten ihr ein weißes Kleid, darin sah sie aus wie eine
Fee. Nahe bei ihrer Höhle weidete ein weißer Hirsch, der kam ge-
laufen, wenn sie ihn lockte und ließ sie auf seinem Rücken reiten.
Die Zwerge besuchten sie alle Tage und plauderten mit ihr, so daß
ihr nie die Zeit lang ward.

Eines Tages hörte sie Hörnerklang im Walde, Das war der junge
Graf, welcher mit seinem Gefolge auf der Jagd war. Die Klänge
kamen näher und näher, und plötzlich kam der weiße Hirsch durch
die Büsche gebrochen und kniete vor Marie nieder, daß sie aufsteigen sollte. Marie schwang sich auf seinen Rücken und fort stürmte
er über Fels und Busch. Aber der junge Graf hatte ihn schon er-
schaut, stieß in sein Horn und schwang seinen Spieß und jagte auf
seinem schwarzen Renner hinterher. Mit Windeseile flog der Hirsch
mit Marie dahin, allein näher und näher kam der Graf. Mit Staunen
erblickte er die weiße schlanke Gestalt mit den fliegenden goldnen
Haaren. Er warf seinen Spieß bei Seite und gab dem Rappen die
Sporen – die mußte er lebendig fangen. Der Hirsch wurde matter
und matter, nun schnaufte schon das Roß dicht neben ihm, und jetzt
schlang der Graf den Arm um Marie, und zog sie zu sich hinüber
aufs Pferd. Erleichtert stürmte der Hirsch von dannen. Der Graf
aber nahm Marie vor sich und ritt mit ihr auf sein Schloß, und da er
sah, wie schön und anmuthig sie war, machte er sie zu seiner Ge-
mahlin. Als die Hochzeit gefeiert ward, war ein Musiciren und Jubiliren, und es ward geschmaust und getrunken nach Herzenslust.
Vor dem Brautpaar auf dem Tische hatten die kleinen Zwerge ihr
Tischlein stehen, und schmausten mit und tranken aus ihren Be-
cherlein und riefen: »Hurrah!« so laut sie konnten.

Der Maler.

Es war einmal ein Maler, der malte viele schöne Bilder. Es waren Wälder, Wiesen, Flüsse und blaue Berge darauf und zu den Menschen, welche darin umhergingen, hätte man gleich »guten Tag« sagen mögen. Wo andere Leute nur viele gesunde Bäume sahen oder ein fischreiches Wasser, oder regenverkündende Abendwolken, oder eine dürre Haide, darauf nichts wuchs, da war es für ihn ganz anders, denn er sah die Schönheit in den Dingen und trug sie nach Hause, und es ward ein Bild.

Das war aber so zugegangen. Als er noch ein ganz kleiner Knabe war und einst allein in seiner Wiege lag und mit seinen Händchen spielte, war mit einem Male das Zimmer voller Rosenschein, denn eine Fee stand an seiner Wiege. Die war sehr schön, denn es war die Schönheit selber. Der kleine Knabe streckte ihr gleich beide Arme entgegen und wollte sich in der Wiege aufrichten, allein das konnte er noch nicht. Die Fee beugte sich darum zu ihm nieder und küßte ihn auf beide Augen; – dann hielt sie ihre Hand segnend über ihn und verschwand, wie der Sonnenschein verschwindet, wenn eine Wolke vor die Sonne tritt. Nachher trat die Mutter ein, um nach ihrem Liebling zu sehen, und verwunderte sich, denn der Knabe lag still in der Wiege und schlief, und um sein Gesicht war es wie ein himmlischer Schein. »Es ist ein Engel dagewesen,« sagte die Mutter, setzte sich leise an die Wiege und sah zu, wie das Kind schlief.

Seit der Zeit hatte er den Schönheitsblick, und darum ward er auch später ein Maler. Er sah aber nicht allein die Schönheit in den Dingen, sondern er sah auch noch vieles Andere, welches die klugen und überaus vernünftigen Menschen, deren es überall mehr als genug giebt, niemals zu erblicken vermögen. Wenn er allein in Wald und Gebirge umherschweifte, so sah er zwischen den bemoosten Steinen die Zwerge wirthschaften. Sie kamen aus den Felsenspalten hervor und breiteten kostbares Goldgeschirr und herrliche Stoffe in der Sonne aus, sie hockten unter dem Farrenkraut und spielten auf seltsamen Harfen, sie trieben allerlei drollige Spiele und machten sich viel Arbeit mit Hämmern, Schnitzen und Pochen.

Im Mondschein sah er die Nixen im Bache baden. Sie tauchten auf und nieder und lachten und sangen den Nixengesang. Zuweilen schlugen sie das Wasser, daß es im Mondschein wie tausend Perlen schimmerte.

Oder es lag ein Teich da mit weißen Wasserrosen, umgeben von hoher Schilfwand; dort belauschte er die Elfen. Sie tanzten im Mondenscheine um ihre Königin und waren wie aus monddurchschimmertem Nebel geformt. Dies Alles und noch viel mehr sah der junge Maler und bewegte es in seinem Gemüth. Darnach versuchte er nachzubilden, was er gesehen hatte, und siehe, es gelang ihm. Da waren die Zwerge, die Nixen und Elfen, und der sonnige Wald, und das mondbeschienene Wasser, wie er es geschaut hatte.

Er hatte schon eine ganze Mappe voll Zwerge, Elfen und Nixen gezeichnet, da kam eines Tages eine Schwalbe in sein offenes Fenster geflogen: »Quivit, quivit!« schwang sie sich an den Bildern vorbei, welche dort standen und schoß wieder hinaus in den Sonnenschein. Die Schwalbe aber hatte wohl gesehen, was auf den Bildern war, und als sie über dem Wasser flog, erzählte sie es den Nixen, welche im Rohre saßen und sich Perlenschnüre machten, und die Nixen erzählten es den Elfen und von diesen erfuhren es die Zwerge. Da sie nun alle neugierig waren, so beschlossen sie, daß die Elfen, welche so leicht in der Luft fortkommen konnten, in einer Mondscheinnacht hinfliegen sollten, um die Bilder zu sehen. Denn die Zwerge mochten mit ihren kurzen Beinen nicht so weit laufen, und wenn die Nixen auch in dem Kanal hätten bis an das Haus des Malers schwimmen können, so scheuten sie sich doch vor der Nähe der Menschen.

Eines Nachts, als gerade der Vollmond schien und der Maler eben zu Bette gegangen war und nachdenklich in den breiten Mondstreifen sah, der zu seinem Fenster hineinstand, hörte er ein leises Singen und Klingen vor seinem Fenster, und dann schwebten sie im Mondschein hinein in sein Zimmer, lauter zarte helle Gestalten, daß das ganze Zimmer von sanftem Lichte erfüllt war.

Auf seiner Staffelei stand gerade ein Bild, welches den Elfenreigen darstellte und als die Elfen es sahen, drängten sie sich alle herzu und kicherten und schwatzten und riefen: »Das bist du!« und: »das bist du!«

Und dann überkam sie gleich die Tanzlust; – sie drehten sich im Elfenreigen, gerade wie es auf dem Bilde dargestellt war. Dann schwebten sie im ganzen Zimmer umher und besahen die Bilder und öffneten die Mappen und zogen Alles hervor, und bei den Zwergenbildern riefen sie: »Da ist Sträubebart!« oder: »Seht doch den Sauferich!« Und bei den Nixenbildern riefen sie: »Guten Abend, Wellgunde!« oder: »Sieh da, Wogelinde!« und dergleichen mehr.

Dann steckten sie die Köpfe zusammen und wisperten mit einander und schauten sich um nach dem Maler, der schnell die Augen zumachte. Nun war es um ihn wie ein lindes weiches Wehen, und er fühlte sanfte Küsse wie Blumenblätter, die der Frühlingswind an die Lippen weht, und als er hernach die Augen öffnete, war Alles verschwunden; nur der einsame Mondschein war noch dort. Darnach schlief er ein.

Später kamen nun aber die klugen und überaus vernünftigen Menschen, deren es allenthalben mehr als genug giebt, besahen diese Bilder und sprachen: »Ei, seht doch den Maler! Warum malt er nicht Dinge, die da sind und die man begreifen kann? Ei, seht doch diese Phantasiegespinnste und Schnarrwerke, die nicht waren, nicht sind und niemals sein werden!«

Und die klugen und überaus vernünftigen Menschen beguckten sich die Bilder auf alle Arten, von nah und fern, durch Brillen und Fernröhre und durch die hohle Hand, sie traten sich vor lauter Eifer auf die Zehen und sprachen so viele Worte der Weisheit, daß es ein wahrer Jammer war.

Als der Maler aber hörte, was die klugen Leute sagten, da lachte er und ließ sie reden, denn er wußte es ja viel besser.

Über tredition

Eigenes Buch veröffentlichen

tredition wurde 2006 in Hamburg gegründet und hat seither mehrere tausend Buchtitel veröffentlicht. Autoren veröffentlichen in wenigen leichten Schritten gedruckte Bücher, e-Books und audio-Books. tredition hat das Ziel, die beste und fairste Veröffentlichungsmöglichkeit für Autoren zu bieten.

tredition wurde mit der Erkenntnis gegründet, dass nur etwa jedes 200. bei Verlagen eingereichte Manuskript veröffentlicht wird. Dabei hat jedes Buch seinen Markt, also seine Leser. tredition sorgt dafür, dass für jedes Buch die Leserschaft auch erreicht wird.

Im einzigartigen Literatur-Netzwerk von tredition bieten zahlreiche Literatur-Partner (das sind Lektoren, Übersetzer, Hörbuchsprecher und Illustratoren) ihre Dienstleistung an, um Manuskripte zu verbessern oder die Vielfalt zu erhöhen. Autoren vereinbaren direkt mit den Literatur-Partnern die Konditionen ihrer Zusammenarbeit und partizipieren gemeinsam am Erfolg des Buches.

Das gesamte Verlagsprogramm von tredition ist bei allen stationären Buchhandlungen und Online-Buchhändlern wie z. B. Amazon erhältlich. e-Books stehen bei den führenden Online-Portalen (z. B. iBookstore von Apple oder Kindle von Amazon) zum Verkauf.

Einfach leicht ein Buch veröffentlichen: **www.tredition.de**

Eigene Buchreihe oder eigenen Verlag gründen

Seit 2009 bietet tredition sein Verlagskonzept auch als sogenanntes "White-Label" an. Das bedeutet, dass andere Unternehmen, Institutionen und Personen risikofrei und unkompliziert selbst zum Herausgeber von Büchern und Buchreihen unter eigener Marke werden können. tredition übernimmt dabei das komplette Herstellungs- und Distributionsrisiko.

Zahlreiche Zeitschriften-, Zeitungs- und Buchverlage, Universitäten, Forschungseinrichtungen u.v.m. nutzen diese Dienstleistung von tredition, um unter eigener Marke ohne Risiko Bücher zu verlegen.

Alle Informationen im Internet: **www.tredition.de/fuer-verlage**

tredition wurde mit mehreren Innovationspreisen ausgezeichnet, u. a. mit dem Webfuture Award und dem Innovationspreis der Buch Digitale.

tredition ist Mitglied im Börsenverein des Deutschen Buchhandels.

Dieses Werk elektronisch lesen

Dieses Werk ist Teil der Gutenberg-DE Edition DVD. Diese enthält das komplette Archiv des Projekt Gutenberg-DE. Die DVD ist im Internet erhältlich auf **http://gutenbergshop.abc.de**